KB057630

실미도로
떠난
7인의
옥천 청년들

실록｜다큐｜소설

실미도로 떠난 7인의 옥천 청년들

고은광순 지음

동아 모시는사람들

　낡은 아파트에서 길을 잃고 현관 입구로 내려가는 엘리베이터를 찾고 있었다. 문이 열린 어느 집 안에 남자 아이가 울고 있어 무심코 안으로 들어가 보았다. 머리가 까만 단발머리를 한 작은 여자아이가 욕조 물 위에 엎어진 채로 떠 있었다. 인형인가 사람인가 긴가민가해서 건져 올렸는데 아이는 숨을 쉬지 않고 축 늘어져 버렸다. 왼쪽 팔 위에 엎어 놓고 배를 압박해 물을 토하게 하려 했으나 아이는 미동도 하지 않았다.

　아이를 팔에 안은 채로 "엄마아~! 아기 엄마~! 어디 있어요~? 아기 엄마아~!" 다급하게 수차례 외쳐보았지만 어디에도 인기척이 보이지 않았다. 한참을 허둥대는데 팔에 안겨 있던 아이가 창백한 입을 실룩거렸다. 앗…! 아이가 살아 있다! 아이가 힘들게 입을 열었다. "볶은 밥…." "응? 볶은 밥? 감자 양파 넣은 걸로? 아니면 김치 볶아서?" "김치…."

　안도의 숨을 쉬다가 잠에서 깨어났다. 새벽 네 시. 꿈을 곱씹어 생각해 보다가 곧바로 책상에 앉아 컴퓨터를 켰다. 작년부터 실미도로 떠난 옥천 청년들에 관해 글을 쓰기로 하고 자료를 모아오다가 오늘부터 본격적으로 글을 쓰기로 작정을 하기는 했지만 새벽부터 책상으로 내몰릴 줄이야….

7년 전 여성동학다큐소설 청산편(『해월의 딸, 용담할매』)을 마무리하고 다시 보은편(『깃발 휘날리다』)을 쓰기 시작할 때는 이중의 창호지 문틀 사이에서 울고 있는 남녀 아이들을 꿈에 보았다. 잠시 꿈에서 깨어났다가 다시 잠이 들었는데 똑같은 장면이 다시 반복되었다. 이중의 창호지 문틀 사이에서 울고 있는 아이들…. 동학도들이었을까? 동학도의 후손들이었을까? 보은편도 그렇게 꿈 속 아이들에게 등 떠밀려 써내려가기 시작했었다.

조금 전 꿈에 욕조에서 건져 올린 아이는 실미도로 간 옥천의 청년들이었을까? 아니면 엊저녁 마을회관에서 공동체 상영으로 본 〈하늘색 심포니〉(재일교포 박영이 감독이 찍은 일본 조선학교 고3학생들의 북녘 땅 수학여행 기록 영화, 2016년 댈러스아시아영화제 수상작) 속 조선인 학생들이었을까? 아니면 미국의 제재와 폐쇄로 고통을 당하고 있는 북녘의 동포들일까? 아니면 왜곡된 분단 역사 속에서 일그러진 채로 살아온 우리 모두였을까?

나는 비극적으로 죽어 간 옥천 젊은이들의 복권을 통해서 한국의 엉터리 현대사가 조금이라도 바로잡히기를 바란다. 한반도의 비비 꼬인 역사가 바로잡히기를 바란다. 근현대에 이르러 한반도를 오랫동안 어지럽혔던 헝클어진 실타래가 풀리기를 희망한다. 남북을 질식시켜 왔던 모든 거짓이, 썩은 곰팡이들이 따사로운 햇살과 시원한 바람에 모두 날아가기를 희망한다. 일부 진보 지식인들뿐만 아니라 밭에서 김을 매는 할매들도, 성조기를 들고 군가를 크게 틀고 광화문을 활보하는 할배들도 진실을 알게 되기를 희망한다. 이 책이 거짓을 드러내는 데 좁쌀만 한 역할이라도 할 수 있기를…. 죽음의 문턱에서 살아나 밥을 달라던 꿈속의 아가야. 이 할매가 정성껏 밥을 준비하마.

2021년 여름이 시작되는 하늘을 보며

차례

프롤로그

  2003년 개봉하여 한국 영화사상 처음으로 1,000만 관객을 넘었다는 강우석 감독의 '영화 실미도'는 1999년 출간된 백동호 씨의 '소설 실미도'를 원작으로 만들어졌다. 백동호 씨는 1988년 감옥 안에서 만난 실미도 훈련병(이었다고 주장하는) K씨에게서 1968년 4월부터 북파를 위한 살인병기 훈련을 받다가 3년 4개월 만인 1971년 8월 23일, 실미도를 탈출하여 청와대로 가던 중 자폭하고만 실미도 훈련병(훈련생)들에 대한 이야기를 들었다고 한다. 생존자(라고 주장하는) K씨가 아니었다면 소설 실미도는 탄생할 수 없었을 것이고 영화 실미도 또한 탄생할 수 없었을 것이다.

  박정희의 지시로 만들어진 실미도 북파요원들의 이야기는 전두환 노태우 김영삼 정부 때까지 철저히 비밀에 부쳐졌다가 소설과 영화를 통해 비로소 대중들에게 공개되었고, 2005년 노무현 정부에 들어서서 비로소 국방부 과거사진상규명위원회 활동을 통해 정부 주도의 규명이 시작되었다.

2018년 1월, 평창 동계올림픽 직전 남북 관계의 진전을 간절히 소망하며 고성에서 평창까지 4박 5일간 여성평화걷기 등 평화운동을 우리 평화어머니회와 함께 진행했던 안김정애 님은 노무현 정부 때 국방부 과거사진상규명위원회에서 실미도 사건을 담당(조사2과장)했다. 재작년에 우연히 그녀를 통해 실미도 사건에 옥천 청년이 있었다는 것을 알게 되었다. 2012년 옥천군 청산면으로 귀촌한 내게 '옥천 청년'의 일은 남의 일이 아니었다. 얼마 뒤 옥천신문사 사장 오한홍 씨로부터 관련된 옥천 청년들이 일곱 명이나 되었다는 이야기를 들으며 이건 예삿일이 아니라는 생각을 했다. 영화 〈실미도〉를 보면 '난동자'들은 살인 등을 저지른 흉악범으로 사형수, 무기수들이 아니었던가. 과연 옥천에서 동시에 그렇게 많은 흉악범들이 나왔을까? 그날부터 실미도 사건을 들여다보기 시작했다. 놀랍게도 1968년 봄, 한 달 남짓한 기간에 모집되어 4월(그래서 684부대라고도 불렸다)에 실미도로 들어간 31명 중에 옥천의 청년 일곱 명(정기성, 박기수, 장명기, 김병염, 이광용, 김기정, 김복용)은 당시 21~23세(호적상 18세, 19세도 있다)의 새파란 아니 연록색의 청년들이었다. 모두 삼양초등학교 동창생. 주소지가 금구리(김봉용, 박기수, 장명기), 신기리(정기성, 이광용), 가화리(김병염, 김기정)로 되어 있지만 모두 옥천읍에 속한 지역이었다. 가장 먼 거리가 700미터. 10분~15분이면 서로의 집에 도달할 수 있었다. 일곱 명의 전과는 합해서 0. 벌어진 입이 다물어지지 않았다.

관련되어 있는 사건과 인물을 뒤졌다. 베트남전쟁, 한국전쟁 전부터 끊임없이 이어진 38선 언저리의 충돌들, 미국의 케네디와 존슨, 박정희, 김형욱, 이철희, 이진삼, 백선엽, 정일권, 이후락, 김동석, 전두환…. 모자이크 조각들이 서서히 맞춰졌다. 모자이크의 중심에는 박정희가 있었다. 만주 독립군의 눈으로 본 박정희, 미국 비밀 해제 자료로 본 박정희, 일본 침략자들의 눈으로 본 박정희, 김형욱의 눈으로 본 박정희, 하나회 군인들의 눈으로 본 박정희…. 그리고 박정희의 뒤에 커다랗게 존재하는 미국. 모자이크 조각 맞추기는 큐브 맞추기로 진화하여 더욱 선명하게 입체적으로 실체를 드러내었다.

영구 집권을 위해 헌법도 여러 차례 제 마음대로 주물러 터뜨린 박정희의 민낯을 전 국민이 낱낱이 알기 전까지 한국의 현대사는 절대로 제대로 된 진도를 나갈 수가 없다는 것을 새삼 분명하게 알게 되었다. 그 때문에 희생된 사람들은 너무 많지만, 우선 이 책을 통해서라도 옥천의 젊은이들이 다시 조명되기를 바란다.

실미도의 훈련과정은 책과 영화에서 많은 부분이 드러났기 때문에 이 책에서는 박정희의 지시에 따른 중앙정보부, 공군부대 정보과 모집책의 덫에 걸린 옥천의 일곱 청년이 기차로 실미도를 향해 떠나는 날까지의 상황에 집중했다. 이 책에 나오는 내용의 95%가량이 팩트(인터뷰, 자료)이며 5% 정도만 나의 상상력이 첨가되었다. 다큐소설로 시작했으나 당시 국내외 정치 상황, 박정희의 민낯 등을 그대로 드러내어야 한국사의 가장 왜곡되어 있는 부분들이 풀릴 수 있다는 생각에 이해를 돕는 자료들을 추려 넣었다. 청년들의 일상을 들여다보며 그들의 희생이 얼마나 안타까운 것이었는지 가슴을 후벼 파게 되는 한편, 박정희와 미국 군사주의자들의 탐욕을 들여다보며 그들이 초래한 70여 년 한반도의 갈등과 증오가 얼마나 바보 같고 어이없는 것이었는지, 이제야 말로 깨어난 시민들이 나서서 바로잡아야 할 때라는 생각도 절실하게 하게 되었다.

　조금이라도 더 도와주려고 애써 주신 오한홍 옥천신문사 사장, 친구들이 오명을 벗기를 간절히 바라는 그들의 친구들, 김재종 옥천군수, 유가족들께 깊이 감사드린다. 그들이 바라는 건 단 한 가지. 억울하게 죽어간 젊은 그들이 뒤집어썼던 '흉악범, 깡패, 건달'의 오명이 확실하게 벗겨지는 것이다. 사건 당시 생존했다가 반년 후 사형당한 병염의 경우 시신도 아직 돌려받지 못했다.

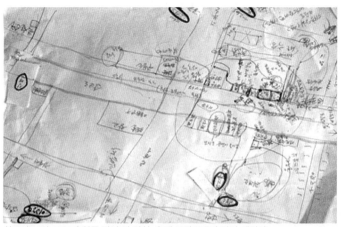

친구가 그린 1967년 일곱 명의 집 위치. 후에 포장도로가 많이 생겼다.

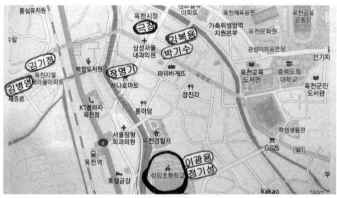

지도 위에 그린 일곱 명의 집 위치 (가화리, 신기리, 금구리는 모두 옥천읍에 속한다. 그들이 주로 모이던 극장 주변에서 1분~10분이면 누구의 집에라도 다 갈 수 있다.)

사족 : 혹시 책 읽기에 익숙지 않은 분이라면 '4장 인간 박정희' 중 제일 마지막 부분 〈박정희가 마지막까지 아꼈던, 쌍둥이 같은 정신세계를 지녔던 차지철〉을 제일 먼저 보시기 바란다. 박정희 속에는 차지철이 백만, 천만 명은 들어 있기 때문이다.

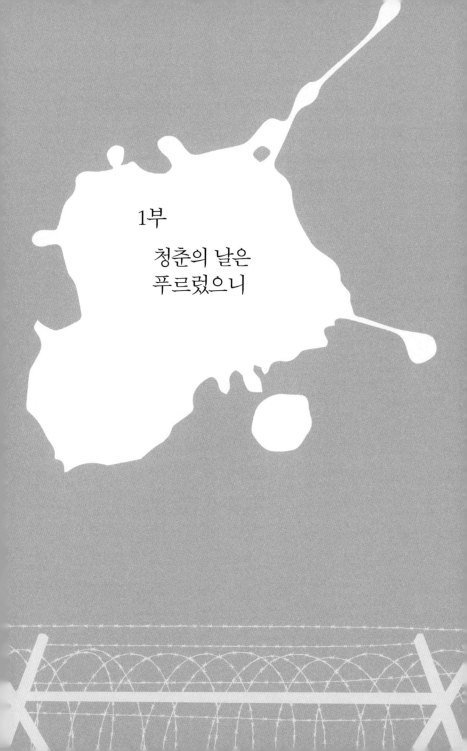

1부

청춘의 날은
푸르렀으니

1. 연애합시다

물장구 치고 물고기 잡고

1967년 6월. 아침부터 날이 후덥지근한 것이 장마가 시작될 모양이었다. 장마가 시작되기 전에 얼른 놀아야 한다. 살까 말까 할 때는 사지 말고, 놀까 말까 할 때는 놀아야 한다는 말이 있지 않던가. 정기성은 집을 나서기 전에 마루에 걸려 있는 거울을 들여다보았다. 여드름이 이마에 몇 개 솟기는 했지만 이만하면 잘 생긴 얼굴이다. 키도 훤칠하고 말이지…. 기성은 입술을 오므리고 숨을 안으로 한 번 빨아들여 휘파람 소리를 내며 댓돌로 내려섰다.

삼양초등학교 뒤에 있는 기성의 집에서 옥천읍의 중심이라 할 수 있는 읍 공관 극장까지 10분이면 충분했다. 극장으로 들어가는 골목 입구에는 빵집, 페인트집, 약국, 양복점, 시계포 등이 주욱 늘어서 있는데 가게의 주인들은 대개 친구들의 큰집, 작은집이기 마련이어서 그곳에 가면 언제라도 일을 배우며 푼돈을 버는 친구들을 만날 수 있었다. 수단이 좋은 친구들은 가게 한 귀퉁이를 빌려 만화방을 열거나 오뎅, 떡볶이, 풀빵 장사를 벌이고 있었기 때문에 강물이 바닷물로 흘러들 듯 젊은 청춘들은 그곳으로 모여들었다. 그들은 만나기만 하면 놀며 배 채울 궁리들을 했다. 돌도 씹어 삼키면 소화될 나이 열아홉, 스물의 나이였다.

아니나 다를까. 양복점 한쪽 귀퉁이를 빌려 차린 만화방에는 이광용이 먼저 나와 책을 들척이고 있었다. 만화방에는 만화책과 함께 야한 삼류 소설들도 갖춰 놓았다.

"어이, 베트콩! 일찍 나왔네."

"짜식이…. 베트콩이 뭐염마. 죽고 싶냐?"

광용이 책에서 눈을 떼지 않고 말했다.

"지난번에 극장에 가서 뉴스 안 봤냐? 맹호부대 용사들이 포로로 잡은 베트콩 딱 네 모습이던디 뭘 그랴?"

"아이구구…. 네가 몰라서 그렇지 내가 뼈 속으로 살이 찌는 스타일이염마~."

"속으로 살이 찌기는…. 시커매갖고 쬐꼬만 게 너랑 쌍둥이들이던디? 네 엄마가 안 그러시더냐? 쌍둥이 낳아서 잃어버렸다고?"

"이눔이 보자보자 하니께…."

이광용이 입을 내밀며 주먹을 쥐고 정기성을 노려보았다.

"이놈이 무슨 책을 보고 있능겨?"

기성이 광용의 손에서 책을 낚아챘다.

"벌레 먹은 장미? 아이고 꼭 이런 것만 봐요. 이눔아 벌레가 장미를 먹거나 말거나 뭐가 궁금헌디! 크게 될라믄 '성웅 이순신' '최영 장군'… 이딴 거를 보란 말이여."

광용이 다시 기성이 빼앗아간 책을 빼앗으려고 엎치락뒤치락하고 있는데 누군가 만화가게로 들어왔다. 친구들 중 생일이 그중 빠르다고 늘 형님 대접을 요구하는 김복용이다.

"네들은 어째 늘 만나면 싸움이냐. 싸우면 밥이 나오냐 쌀이 나오냐? 아무짝에도 소용없는 놈의 것을…. 오늘은 이 형님허고 금구천에 고기 잡으러 가자."

김복용의 손에는 족대가 들려 있었다.

"어이, 베트콩! 우리 고기나 잡자고."

기성이 광용에게 책을 내어주며 팔을 벌려 어깨동무를 할 듯이 폼을 잡자 광용은 눈을 하얗게 흘기고 못이기는 척 기성에게서 받은 책을 벽 선반 고무줄에 끼우고 따라 나섰다.

금구천에 도착하니 벌써 족대를 들고 고기를 잡는 사람들이 여기 저기 있었다. 동작 빠른 광용이 어느 틈에 천변에서 찌그러진 페인트 깡통을 주워 둥근 돌로 안쪽을 두들겨 주름을 폈다. 광용은 사람 없는 쪽을 골라 물 가운데로 들어가는 복용의 뒤를 부지런히 따라갔다. 기성은 기다란 막대를 구하기 위해 사방을 두리번거렸다.

"어유…, 왜 오늘은 쓸 만한 막대기 하나가 안 보이는겨?"

"이눔아, 그런 것두 다 맘보를 곱게 써야 보이능겨."

광용이 어느 틈에 긴 막대를 주워 기성 앞에 내리 꽂았다. 물이 튀겨 기성의 바지 앞자락이 젖었다.

"얼레 꼴레리…. 기성이는 입은 채로 오줌을 싼대여. 얼레 꼴레리…."

광용이 깡통을 흔들어대며 낄낄거렸다.

"어쭈! 이 베트콩 새끼가 먼저 공격을 시작했겄다! 나의 매서운 물매 맛을 보여 주마"

기성이 성큼성큼 광용 앞으로 다가서더니 갑자기 뒤로 돌아 두 손에 물을 담아 가랑이 밑으로 광용을 향해 연속으로 퍼부었다. 광용이 갑작스러운 물 공격에 중심을 잃고 비틀거리다가 엉덩방아를 찧고 말았다. 얼른 일어나기는 했으나 물에 젖은 바지는 그 무게 때문에 허리 아래에 걸쳐졌다. 광용의 배꼽이 드러났다.

"떡 본 김에 제사 지내는겨…."

뒤에 있던 복용이 광용의 바지를 잡아내리니 바지는 저항도 못하고 가느다란 종아리 아래로 떨어졌다. 놀란 광용이 허겁지겁 바지를 치켜 올리는 동안 복용과 기성은 허리가 끊어지도록 웃었다. 이어 광용의 반격이 시작되고 너 나 할 것 없이 한참 사방팔방으로 물보라를 일으키던 셋은 고기를 잡기도 전에 물에 빠진 생쥐 꼴이 되었다. 이왕 이렇게 된 걸 어쩌랴. 셋은 겉옷을 벗어 쥐어짠 후 뜨듯한 바위 위에 널어놓고, 팬티만 입은 채 족대질을 시작했다.

복용이 족대를 풀 가까이 대면 기성이 막대로 풀을 치고 발로 쿵쿵 강바닥을 밟았다. 잽싸게 걷어 올리는 족대에는 여지없이 붕어와 메기가 서너 마리씩 들어 있었다. 복용이 족대를 치켜들면 광용이 얼른 깡통에 주워 담았다. 탄성과 함박웃음 속에 시간이 금방 흘러 점심때가 훌쩍 지나고 말았다.

"아이고 배고프다. 뱃가죽이 등가죽에 달라 붙겠네…."

광용이 고기가 가득해서 무거워진 깡통을 기성에서 넘겨주었다.

"너는 임마, 언제나 뱃가죽하고 등가죽이 달라붙어 있자녀…."

깡통을 받아들며 이죽거리는 기성을 향해 광용이 또 다시 종주먹을 불끈 쥐었다.

"하이고, 이놈들은 언제나 철이 들려나. 근디 이 고기를 어디 가시 해 달래지?"

화제를 돌리는 복용의 말에 광용이 치켜 올렸던 주먹을 내려놓으며 말했다.

"화자 누나 식당으로 가야지. 시장 방앗간 옆에 말여. 가서 부탁하려면 여기서 배를 따 갖고 가야 혀."

셋은 근처에서 주운 사금파리로 부지런히 물고기를 손질해 나갔다.

"바다에서도 족대로 물고기를 잡을 수 있으려나?"

뜬금없이 광용이 물었다.

"바다에 가서도 낮은 디라면 잡을 수 있을겨. 근디 물살이 좀 있는 디서는 뜰채로도 잘 잡힌다드라."

일가친척이 많고 집안 형편도 그럭저럭 괜찮은 복용이 말했다.

"그려? 그럼 언제 우리도 바다 가서 고기 좀 잡아 봤으믄 좋겄다. 바다에서 잡은 거는 그 자리에서 회 쳐 먹어도 푸짐한 게 맛날 거 아녀?"

그렇게 말하고 보니, 갑자기 자기들이 잡은 물고기가 하찮아 보였다.

"그래도 민물매운탕이 최고지."

복용이 배를 갈라 기성에게 던지며 말했다. 기성이 내장을 꺼내고 광용에게 던지면 광용은 고기를 물에 헹구어 질긴 풀줄기에 아가미를 꿰었다.

삼양초등학교는 옥천경찰서 뒤에 있다. 해방되자마자 세워진, 역사와 전통을 자랑하는 꽤 큰 학교로 한 학년에 3백 명 가까이나 되었다. 그중에서도 읍내 중심에서 사는 친구들은 십여 년 넘게 한 동네에서 죽을 맞춰 가며 살았기 때문에 어느 누구와 함께 하더라도 무엇을 하든 손발이 척척 맞았다. 복용과 광용이 일에 집중하는 동안 기성은 늘 그렇듯이 고개를 좌우로 흔들며 노래를 흥얼거렸다.

새까만 눈동자의 아가씨, 아 겉으론 거만한 것 같아도
아 마음이 비단같이 고와서 정말로 나는 반했네
마음이 고와야 여자지, 아 얼굴만 예쁘다고 여자냐
한번만 마음 주면 변치 않는, 여자가 정말 여자지~

그냥 지나칠 광용이 아니었다.

"'아거트론'이 무슨 말이여?"

"잉? 내가 언제?"

"새까만 눈동자의 아가씨 아거트론 거만한…. 어쩌구 그랬자 녀? 아 마음이…. 아 얼굴만 크크…."

"어유… 이 자식이 그냥…. 그런 노래는 원래 그렇게 불러야능 거엠마. 아, 얼매나 신이 나냐. '아'를 넣는 거하구 안 넣는 거하구 천지차이라니께~"

셋은 중간중간 '아'를 넣을 때마다 자라목을 하고 노래를 부르며 식당으로 향했다.

"누나~ 우리 왔어유. 지금 좀 한가하지유? 이걸루 우리 매운탕 좀 끓여줘유."

"뭐 잡았는디? 어이쿠, 꽤 잡았네. 주방에 한 그릇 덜어 놓고 줘 두 되지?"

"그럼유. 그래야지유. 우리가 남이유?"

화자 누나가 주방에서 매운탕을 끓이는 동안 기성이 심각한 얼굴로 복용과 광용에게 제안을 했다.

"날이 좀 시원해지면 콩쿨대회를 열려고 하는데 어뗘?"

"콩쿨대회? 무슨 궁리라도 해 본거? 쉬운 일은 아닐 틴디?"

노는 일이라면 뒤로 빼지 않는 복용이 물었다.

"나를 뭘로 보고 그러는겨? 내가 청주 방송국에 가서 노래로 상 탄 거 알어, 몰러?"

"그건 네가 골백번도 더 말했자녀."

광용이 입을 삐죽이며 말했다.

"어디서 어떻게 시작할라구?"

"뭐 전봇대 같은 디다가 날짜, 시간을 적어서 홍보를 하믄 되 지."

"비용은 어떻게 하구?"

"바보야, 참가비를 10원, 20원 받으면 되자녀."

"헝헌티 바보라니. 이 자식이…. 근디 상품도 줘얄 거 아녀?"

"그러지. 상품은 주전자, 양동이, 솥단지…. 이런 거 주면 되 구…. 상품 사 들이고 등수 매겨 나누는 건 복용이 네가 신경 좀 쓰면 되겠구마."

"반주는?"

"기타 잘 치는 진구하고, 드럼 치는 재득이 형하고 델꼬 다니 지."

"심사는?"

"아 네들이 하믄 되자녀. 잘 생기고 점잖은 박기수랑, 장명기도 집어넣고. 가화리에서 할 때는 신기리에 사는 너 광용이가 끼고,

신기리에서 할 때는 가화리에 사는 김병염이랑 기정이가 끼면 되고···. 군북에 가서도 하고, 동이에 가서도 하고···."

"저녁에 해얄 틴디 무대 불 밝히고 마이크를 켤 전기는?"

"그건 아무데서나 못 끌어 올 테니 장터 방앗간 같은 디서 신세를 져야지 뭐. 장터에 공터도 있으니 맞춤 아녀? 광용이 느이 아버지가 전기 일을 하시니께 네가 처음에 전기 따는 거는 좀 배워 오면 안 되겠냐?"

복잡하게 생각하면 한없이 복잡하겠지만, 이런 일에 이골이 난 기성이네의 계획은 일사천리로 진행이 됐다.

콩쿨대회

"예, 금구리 주민 여러분 많이들 기다리셨습니다아~!"

귀 옆 머리카락에 물을 발라 뒤로 얌전히 빗어 넘긴 정기성이 마이크를 잡고 콩쿨대회의 막을 열었다. 아침저녁으로 제법 선선한 바람이 불기는 했지만 전깃불 근처에는 하루살이며 날파리들이 아우성을 치며 모여들었다. 낮에 전기를 끌어 전구를 매어 다느라고 광용이 땀깨나 흘린 덕분에 방앗간 앞에는 그럴듯한 콩쿨 무대가 꾸며졌다. 복용은 1등, 2등, 3등, 장려상 등을 써 붙인 상품들을 쌓아놓고 누가 섣불리 손대지 못하도록 잡도리했다.

여기저기 시장 근처 전봇대에 일주일 동안 콩쿨대회를 알리는 광고문을 붙였을 뿐인데 신청자는 서른 명이 넘었다. 오늘은 예선전. 신청료는 어른에게는 20원, 미성년자에게는 10원을 받았다. 상품은 양동이, 양은냄비, 주전자 등으로 한쪽에 여러 개를 쌓아 놓았다. 참가비의 1/3 정도는 상품을 사고 1/3 정도는 전기료와 진행비로 쓰고 남은 1/3 정도는 심사위원들과 한 끼 식사를 하면 끝이었지만, 시간이 남아돌아가는 젊은 청춘들에게 이것처럼 재미있는 오락거리도 없었다.

"예, 아까 추첨해서 1번 뽑으신 분, 1번 나와 주세유우."

콩쿨대회에는 노래에 자신 있는 사람들만 신청하는 게 아니었다. 평생 마이크 잡는 게 소원인 할머니, 할아버지, 아저씨, 아주머니도 많았다.

"예, 아주머니가 올라 오시네유. 어디에 사시는 누구셔유?"

"마암리에서 온 동철이 엄니래유. 정동철이…."

예선전에는 사람이 너무 많아 아쉬워도 무대 위의 시간을 끌고 가면 안 되었다. 속전속결.

"부르실 곡목은?"

"노란샤쓰 입은…."

콩쿨대회마다 빠지지 않고 올라오는 노래라 기타 반주자는 능숙하게 반주를 시작했다.

아주머니가 몸을 신나게 흔들며 노래를 부르는 동안 청중은 함께 박수를 치며 노래를 따라 불렀다. 노래 솜씨가 너무 형편없으면 중간에 땡 불합격 종을 쳤지만 한 번 마이크를 잡으면 불합격 종이 울려도 좀처럼 놓지 않으려고 하는 사람도 있고, 어린 손주를 데리고 나와 노래를 부르게 하고 아이의 노래가 끝이 나면 할매가 마이크를 잡아 참가비를 절약(?)하는 '재산 굳히기 파'도 있다.

한바탕 광풍이 무대를 휩쓸고 지나갔다. 친구들이 심사를 하는 동안 기성은 남진의 〈가슴 아프게〉와 김상국의 〈불나비〉를 불렀다. 마무리에 너무 방방 뜨는 노래를 해서는 안 되는 것이다.

얼마나 사모치는 그리~움이냐~

밤마다 불을 찾아 해매~는 사연

차라리 재가 되어 숨~진다 해~도~

아~아아~ 너를 안고 가아련다 불나비 사아~랑

일반 참가자들의 노래와는 차원이 다른 기성의 노래에 앵콜이 쏟아지자 기성은 반주자에게 눈짓을 하고 다시 노래를 뽑았다.

사실은 심사위원들 사이에 의견이 엇갈려 좌충우돌하자 급히 기성에게 시간을 더 벌어보라 했던 것이기도 하다.

"자, 여러분의 뜻이라면 마지막으로 한 곡 더 들려드리겠습니다. 최희준 형님의 맨발의 청추~운! 반주 부.탁.해.요~."

눈물도 한숨도 나 혼자 씹어 삼키며~
밤거리의 뒷골목을 누비고 다녀도
사랑만은 단 하나에 목숨을 걸었다~
거리의 자식이라 욕하지 말라~
그대를 태양처럼 우러러보는
사나이 이 가슴을 알아줄 날 있으리라~"

아…. 어쩌면 사나이의 사랑 노래들은 이토록 비장하고도 비장하단 말인가. 그러나 목숨을 건 질척한 사랑 노래가 울려 퍼지는 동안 심사위원석에 앉은 친구들은 입에 침이 말랐다. 기성이 노래를 마치기 전에 얼른 의견을 조율해야 했다.

"야, 우리가 머 이 동네에서 자선공연 하자고 시작한 거냐? 솔직히 좀 재미 좀 보자는 거 아녀? 그러니께 노래도 노래지만 예쁘고 발랄한 아가씨들헌티 점수 좀 후하게 주자니께…."

병염이 열변을 토했다.

"그러면 준결선전, 결선전 끌어가면서 며칠은 더 재미지게 놀 수 있을 거 아녀."

광용이 거들었다.

과묵하고 점잖은 박기수는 다른 의견을 내어놓았다.

"그래도 말이 콩쿨대흰디 얼굴 몸매 나이 이런 게 뭔 상관이여."

김기정과 장명기는 병염과 광용이 말할 때는 신이 나서 고개를 주억거리다가 기수의 말에 표정이 어두워졌다.

"야, 늬들 손 들어봐. 실력대로 뽑자는 사람!"

병염의 말에 박기수 혼자 손을 들었다.

"그럼 아가씨들 많이 뽑아서 이삼일 재미있게 놀자는 사람!"

박기수를 빼고 모두 손을 들었다.

"그것 봐 임마~."

병염이 으스대다가 약간 미안한 마음이 들었는지 손으로 기수의 뺨을 두드리며 말했다.

"그래두 우리덜 가운데 이런 놈이 하나는 있으야지. 근디 기수 이 녀석은 너무 곧이곧대로라니께~."

박기수가 병염의 손을 뿌리치며 불퉁하게 말했다.

"그럼 구불구불 가는 게 옳으냐?"

"그렇게 마음 가는 대로 가니께 청춘인 거여어~."

옆에 있던 김기정이 거들자 장명기가 동감의 표시로 박기수의 등짝을 두들겼다.

밤이 깊어지고 사람들이 돌아가자 '심사위원'들은 부지런히 주변정리를 하고 미리 말해둔 화자 누나 식당으로 자리를 옮겼다. 김병염의 눈짓을 접수한 김기정과 장명기가 준결선 진출자 중에 아가씨 몇 명을 식당에 함께 가자고 은밀하게 초대했다. 아가씨들은 준결선전에 대한 정보라도 얻을까 하여 망설임 없이 따라나섰다.

밥을 먹으며 반주로 술 한 잔씩 돌아가면 처음의 어색함, 어려움 등은 다 알코올과 더불어 증발하기 마련이었다. 모두 20대의 남녀. 조용히 앉아 있어도 눈이 부신 청춘이다. 이쯤 되면 '실력대로'를 외쳤던 박기수도 눈꼬리가 풀리지 않을 수 없다.

"야, 너는 이 자리에서 실실대면 안 되는 거 아녀?"

병염이 옆에 앉은 기수의 허벅지를 손가락으로 찌르며 이죽거렸다.

"또 시작이네. 내가 언제 실실댔다고 그려?"

기수가 한결 누그러진 음성으로 그러나 허리를 곧추 세우고 병염을 바라보았다.

"뺨은 왜 붉어지는 건디? 흥흥….."

앞에 앉았던 명기가 또 거들고 나섰다.

"아가씨는 무슨 일을 하는데 그렇게 노래를 잘 불러유?"

명기가 눈에 담뿍 부드러움을 담아 옆에 앉은 빨간 블라우스를 입은 아가씨에게 물었다.

"정말 제가 노래를 잘 하기는 했어유? 호호호호….."

"아유 그럼유. 산 넘어 남촌에는 누가 살길래 해마다 봄바람이 남으로 오네~ … 남촌서 남풍불제 나는 좋대나~. 아이유 정말 몸이 막 사르르 녹아내리는 것 같더라니께유."

명기가 눈을 감고 두 손을 모은 채로 몸을 비틀며 노래를 부르자 모두 하하 호호 옆 사람을 때려 가며 웃느라고 난리가 났다.

"아니, 그 옆에 분은 또 어떻구….."

"저요?"

병염이 하얀 바탕에 빨간색 물방울 원피스를 입은 여성에게로 화제를 옮기자 그녀가 기다렸다는 듯이 반색을 했다.

"제가 무슨 노래했는지 기억이나 하시는 거에유?"

"내 이름은 소녀~ 꿈도 마아~않지~ 그 노래 하셨자녀유."

병염의 대답을 보충하느라 광용이 숟가락을 마이크 삼아 들고 일어나서 몸을 살랑살랑 좌우로 흔들며 노래를 불렀다.

"내 이름은 소녀~ 꽃송이 같이~ 곱게 피면은 날아…."

광용이 노래를 하자 이게 웬 떡인가. 여자도 자리에서 일어났다.

"거울 앞에 앉아서 물어 보면은 어제보다 요만큼 예뻐졌다고…."

남은 상품 정리에 조금 늦게 들어온 복용도 냉수 한 잔을 들이켜고는 소주병을 마이크 삼아 떼창에 합류했다. 빨간 구두 아가씨, 아빠의 청춘, 빈대떡 신사…. 청춘들의 떼창은 줄줄이 이어졌다.

아까부터 정기성이 보이지 않았다. 그리고 보니 관중 모두를 놀라게 했던 미니스커트 아가씨도 보이지 않았다. 지난 1월 웬 여자가 비행기에서 내릴 때에 입었다는 미니스커트는 뉴스가 나간 이후에 슬금슬금 도시의 여자들에게 퍼지기 시작했지만 충청도 옥천에서 미니스커트를 입는다는 건 쉽지 않은 일이었을 터였다. 그러나 그 여성은 당차게도 미니스커트를 입고 콩쿨대회에 참여했다. 그녀가 무대에 섰을 때에 관중석은 잠시 술렁대었다.

대체 무슨 노래를 어찌 부르려나. 그러나 그 아가씨는 모두의 예상을 깨고 아주 조용하게 곽순옥의 '누가 이 사람을 모르시나요'를 부르기 시작했다.

'누가 이 사람을 모르시나요. 얌전한 몸매에 빛나는 눈. 고운 마음씨는 달덩이 같이. 이 세상 끝까지 가겠노라고 나하고 강가에서 맹세를 하던 이 여인을 누가 모르시나요.'

그녀는 처음부터 전반부가 끝날 때까지 눈을 감고 노래를 불렀는데 가늘며 촉촉한 목소리가 어찌나 듣는 이의 가슴을 후벼 팠는지 손가락으로 눈물을 찍어내는 사람들도 보였다. 기성의 한쪽 눈에서도 눈물이 흘러 내렸는데 닦을 생각도 않고 있는 걸 보면 넋이 빠진듯 했다. '넘치는 정열에 화사한 입술, 한번 마음 주면 변함이 없고…. 내 품에 안기어서 맹세를 하던….' 잔잔하게 전반을 불러 가던 그녀는 간주가 끝나고 후반에 들어서자 다리를 벌려 단단한 자세를 취하고 피를 토하는 듯 큰 소리로 절규를 했다. '꿈 따라 님 따라 가겠노라고 내 품에 안기어서 맹세를 하~던 이 여인을 누가 모르시나요.'

관중은 그녀의 소리와 그녀가 전하는 절절한 감정에 압도되어 미니스커트를 입고 다리를 벌린 채로 노래하는 모습이 낯설고 어색하다는 생각은 미처 하지도 못했다. 와우…. 압도적인 1등, 누구도 시비 걸 수 없는 실력이었다. 식당에 들어오기 전부터 그녀와 기성의 모습이 보이지 않았지만 애써 그들을 찾는 사람은 없었다.

12시가 되면 통행금지 사이렌이 울릴 것이지만 옥천읍의 중심지이니 30분 전에만 일어나면 모두 안전하게 귀가할 수 있을 터, 꽃과 나비들은 늦도록 어울려 아름다웠다.

연애합시다

김복용과 박기수는 좁은 골목을 사이에 두고 마주보고 살았고 장명기는 박기수와 담장을 사이에 둔 뒷집에 살다가 교회 쪽으로 이사를 나갔다. 정기성과 이광용은 삼양초등학교 뒤인 신기리에, 김병염과 김기정은 철길 건너 가화리에 살았다.

오전에 가을비가 추적추적 내리더니 오후에는 구름이 걷혔다. 포목점을 하는 어머니의 심부름을 간 김복용과 시계포를 하는 외삼촌의 심부름으로 대전에 간 이광용을 빼고 만화방 오른쪽에 있는 성신당 시계방에는 정기성, 김병염, 김기정, 박기수, 장명기가 모여들었다. 시계방 한쪽 옆에 자리를 얻어 동기의 형이 오뎅, 떡볶이, 풀빵을 만들어 팔았는데 누구라도 돈 몇 푼 가져오면 몇 시간은 죽치고 놀 수 있었다.

점잖기도 하지만 꼼꼼하기도 한 박기수가 어딘가 표정이 침울해 있는 정기성에게 짐짓 밝은 목소리로 물었다.

"지난번에 콩쿨대회 끝나고 식당에 안 들어 오구 어디로 갔던겨?"

"으응? 쩌어기 머냐…. 좀 볼 일이 있어가지구…."

평소와 달리 어물쩡거리는 기성에게 병엽이 넌지시 짚어보았다.

"그 아가씨 어디 댕긴댜?"

"웅, 은성 댕긴댜."

걸려들었구나, 속으로 쾌재를 부르며 병엽이 질문을 이었다.

"은성 뻔데기? 못 보던 얼굴이던디?"

그 무렵, 옥천에도 제사공장이 들어서고 있었다. 뽕을 길러 누에를 치는 양잠, 누에고치에서 실을 뽑는 제사가 전국 곳곳에서 활발했는데 제사공장에는 '내가 뽑은 비단실, 수출하여 나라 부강' 같은 구호가 적힌 팻말 밑에서 젊은 여성들이 분주하게 일했다. 부산물로 나오는 번데기도 인기였다. 근무하는 아가씨들은 은성산업, 중화실업이라고 분명하게 힘주어 말해도 사람들은 그냥 은성 뻔디기, 중화 뻔디기라고 말했다.

"이모네 집에 놀러 왔다가 눌러앉았대여."

"어디서 살았었는디?"

박기수도 궁금했다.

"서울서…."

말하는 기성의 표정이 더 어두워졌다.

"음…. 서울서 뭔 일이 있었구먼."

기정이 호기심 가득한 얼굴로 말했다.

"…."

기성이 침묵했다.

"답답하게 그라지 말구 우리헌티 속 선히 말 좀 혀 봐."

조용히 있던 기정이 다그쳤다.

"돈 문제여, 남자 문제여?"

호기심 많은 명기의 문초.

"사귀던 남자가 부잣집 여대생헌티 빠졌댜."

기성이 한숨을 쉬며 고개를 떨궜다.

싸늘한 정적이 흘렀다. 기수가 입을 열었다. 기수는 고등학교를 작년에 중퇴했다. 9남매의 둘째 아들인데 철도공무원인 아버지는 기수의 일곱 동생들 또한 가르쳐야 했기에 기수의 고교졸업까지 뒷바라지를 할 수 없었다. 기수는 친구들 중 과묵하고 점잖으며 생각이 깊었다.

"꿈 따라 님 따라 가겠노라고 맹세를 하~던 이 여인을 누가 모르냐고 절절하게 노래하더니, 그게 배신한 남자를 말하는 거였구먼. 근디 뭐여. 뭐가 잘 안 되구 있다능겨? 배신한 넘은 떠나갔자녀. 문제가 있는 넘은 배신한 넘이지 배신 당한 여자가 아니여. 결혼하구 애 낳은 담에 배신한 게 아니니 감사할 따름이지. 글구 여기서 돈 벌고 있으니 다 정리된 거 아녀? 뭐가 문젠디?"

명기가 나섰다. 명기 역시 형제는 많고 집안 형편은 넉넉하지 못했다. 그래도 틈틈이 운동을 해서, 크지 않은 몸매가 그 성격만큼이나 다부졌다. 돈 문제에 대해서는 계산이 빠르고 예민했다.

"지금 공무원 월급이 만오천 원 정도라는디 뻰디기 댕기면 2만 5천원은 받는담서. 고참은 4만 원도 받는다네. 그 아가씨도 열심히 일 하고 저축하면 아쉬울 게 뭐여~."

명기의 설명에도 기성의 표정이 좀처럼 밝아지지 않았다. 명랑, 쾌활, 화통이 기성의 성품이었는데 말이다. 눈치 빠른 병염이 다시 조용히 물었다.

"사랑하고 싶은 사람이 나타나니께 네 처지가 더 보잘 것 없이 보이지? 그래서 비관이 돼서 그러는 겨?"

"그러기두 할 겨. 당췌 이 바닥에선 우리 남자들이 돈 벌 일이 없자녀. 여자들은 죄다 뻔디기 공장이며 갈포공장에서 데려다가 쓰는디…."

칡줄기를 길게 잘라 개천가에 커다란 솥단지를 걸고 하염없이 삶으면 겉 줄기는 흐물흐물해진다. 냇가에 깔고 질겅질겅 밟아대고 손으로 주물러대면 속에서 하얀 섬유 다발이 나온다. 섬유 다발을 가늘게 갈라 말려서 실을 이어가며 8자로 실뭉치를 만드는 작업을 '칡거지'라고 하는데 아줌마들은 한여름 내내 칡거지 실을 만들어 갈포공장에 팔았다. 처녀들은 기계의 페달을 발로 밟아가며 칡거지 실로 베를 짰다. 번데기 공장은 각지에서 누에고치를 사들여 찐 다음 실을 뽑았는데 실이 너무도 가늘어 시력도 좋아야 했고 실을 잇고 끊을 때 날카로운 치아를 사용해야 했기에 치아도 튼튼해야 했다. 입사 경쟁자가 많았지만 공화당의 빽을 쓰면 추가 합격이 가능하기도 했다. 옥천에서는 육영수의 오빠인 육인수가 국회의원을 했다. 공장에 입사하든, 농사를 짓든 무얼하든지 공화당 당적을 갖거나 빽을 써야 이익을 보던 시절이었다. 여자들은 이렇게든 저렇게든 돈을 만들었다.

기정이 기성을 대신해서 툴툴거리자 명기도 힘이 빠져 말했다.

"그려~. 기지배들 월급날이면 양장점도 북적거리구 아주 옥천 읍내가 흥청흥청 하자녀. 이거 저거 살림 보태니 부모들도 좋아 하구, 우리는 뭐 할 게 있으야지. 그래두 기성이 너는 노래라도 잘 부르자녀. 우리덜 보담은 나은 택이여. 그걸로 어떻게든 성공의 길로 나가보라니께~."

기성의 아버지는 노랑재비(장사치를 때 상여꾼을 인도하는 요령잡이를 당시 어린 아이들은 노랑잡이, 노랑재비라고도 했다)였다. 기성의 노래 실력은 아버지로부터 물려받았는지도 모른다. 4형제 중 막내로 그럭저럭 먹고는 살았으나 고등교육을 받지 못한 자기의 미래가 요즘처럼 깜깜해 보이기는 처음이었다.

사실 어두운 미래에 대한 걱정은 기성의 것만은 아니었다. 가방끈이 짧은 모두의 고민이기도 했는데 그놈의 콩쿨대회에서 만난 아가씨 때문에 기성에게 제일 먼저 실감나게 다가왔던 것이다. 명기가 분위기를 바꿔 보자고 목소리를 높였다.

"야~! 오늘 왜들 이러는 겨. 우리는 앞길이 창창한 사나이자녀. 젊어서 고생은 사서도 한다고 안 그려? 우리가 뭐 다 살은 것도 아니자녀. 조금 있으면 고등핵교 파할 시간인디 병염이랑 기정이랑 나가서 빵 좀 마련해 봐. 기분도 꿀꿀한디 달달한 빵이라도 하나씩 씹어 보게. 내일은 내일의 해가 뜰 거라고, 거 누구냐, 바람과 함께 사라지다에서 그 주인공 여자가 그러잖던가벼."

명기의 말이 떨어지기가 무섭게 병염과 기정이 밖으로 나갔다. 으슥한 극장 골목 어귀에는 학교를 파한 고등학생들이 몇 명씩 모여 담배를 피기도 했는데 그 근처에서는 형편이 나은 인생 후배들도 만나게 마련이었다.

병염이 모자를 삐딱하게 쓰고 가방을 옆구리에 낀 채로 지나가는 고등학생 둘을 불러 세웠다.

"어이, 네들 이리 좀 와 봐."

"예? 저희요?"

"그럼, 여기 느희 말고 누가 있어?"

"왜요?"

학생들이 주변을 두리번거리며 쭈뼛쭈뼛 다가왔다.

병염이 둘을 재빠르게 훑어보고 물었다.

"너 혹시 장야리 전병기 알어?

"예. 저희 사촌형인디요?"

"응. 갸가 내 친군디…. 갸가 예전에 나한테 돈 꿔 간 거 있거든? 저기 향미당에 가서 빵 세 개만 사 올래? 글구 너는 두 개만 사 와 봐."

"예~."

잔뜩 겁을 먹었던 둘은 한결 밝은 표정으로 빵집으로 뛰어갔다.

기정이 놀란 눈으로 병염에게 물었다.

"너, 그 말 진짜여?"

"진짜긴 뭐가 진짜여."

"전아무개가 어쩌고 저쩌고 했자녀."

"아… 그거…. 갸 이름표에 전복기라고 써 있자녀. 그래서 넘겨짚은 거여."

"이름이 틀렸으면 어쩔려구 그려?"

기정이 잔뜩 긴장 어린 눈초리를 하고 물었다.

"집집마다 다들 돌림자들 쓰자녀. 전병기가 틀렸다믄 전성기, 전재기, 전평기…. 뭐 다 들이대 볼라구 했던 거여. 오늘은 운이 좋았던 거지 머."

"그럼 장야리는 뭐여?"

"그 옆에 있던 놈이 옆에 끼고 있던 가방에 '장야리 김철수'라고 써져 있는 거 못 봤냐? 다른 동네 사는 김철수도 있는가 보더먼. 같은 동네 사니께 같이 집에 가고 있을 티지."

병염이 짐짓 대수롭지 않다는 듯이 무심하게 대답했다.

"야…. 병염이 너 탐정해도 잘 하겠다야~."

기정이 혀를 내두르며 존경스러운 눈빛으로 병염을 쳐다보았다.

"그려. 넌 언제나 그렇게 나를 존경스럽게 쳐다보기 바란다. 이상!"

"이눔이 형님헌티!"

기정이 눈을 흘기면서도 병염의 순발력에 속으로 박수를 쳤다.

"곰보빵은 풀빵하고는 차원이 다르구먼~."

어떻게 벌어 온 빵인지 알기에 기수가 두 친구의 노고에 감사하며 말했다.

"달달한 곰보빵을 먹고 나니 기성이두 기분이 좀 나아졌지? 오늘은 헤어지기 전에 어딜 좀 같이 가자."

명기가 제안했다.

"어디를?"

기분이 좀 나아진 기성이 아까보다 환해진 표정으로 물었다.

"이제야 기성이 답네. 다들 나 따라와. 가보면 알 거여."

병염이와 기정이가 발을 맞추고 팔을 흔들며 노래를 불렀다.

'자유 통일 위해서~ 조국을 지키시다~ 조국의 이름으로 님들은 뽑혔으니~ 그 이름 맹호 부대 맹호 부대 용사들아~ 가시는 곳 월

정기성씨는 빨간페인트로 '연애합시다'라고 쓴 밀짚모자를 늘 쓰고 다녔다.

남 땅 하늘은 멀더라도~ 한결같은 겨레 마음 님의 뒤를 따르리다
한결같은 겨레 마음 님의 뒤를 따르리다~.'

　참말로 군가는 묘한 힘을 가졌다. 기분이 방방 뜨면서, 애국심
이 마구 솟구치면서, 스스로 영웅이 되어 못할 것이 없을 것 같은
자신감이 생기지 않는가 말이다.

　명기가 페인트 집 앞에서 멈춰 서더니 우산 겸 햇빛가리개로
쓰고 다니는 밀짚모자를 벗었다. 페인트 집 주인아저씨에게 양해
를 구하고 나무젓가락에 빨간색 페인트를 찍어 모자 위에 글씨를
썼다. 친구들은 명기가 무슨 글자를 쓰는지 침을 꼴깍이며 한 글
자 한 글자 소리 내어 읽었다.

'연. 애. 합. 시. 다.'

키 작은 명기가 빨리 마르라고 후후 불어 모자를 키 큰 기성에게 씌워주며 말했다.

"솔직허니께 청춘인 거여. 벗지 말고 계속 쓰고 댕겨."

기정이 팔을 앞으로 내지르며 말했다.

"뜸 들이고 밀고 땡기고 할 것도 없이 그냥 이 모자를 들이밀믄 성 시작하는 거여. 걍 밀어붙이라니께."

병염도 큰소리를 쳤다.

"뭔가 잘 안 되면 우리덜헌티 도움을 청햐. 뭉쳐서 지혜를 모으면 안 될게 뭐여."

기수가 조곤조곤 말했다.

"연애야 성공도 하고 실패도 할 수 있는 거여. 그러나 실패와 시련을 겪더라도 일어서기만 하면 더 좋은 일이 생긴댜."

기정이 기성의 모자를 삐딱하게 만져주면서 말했다.

"쥐구멍에도 볕 들 날이 있는 거여. 우리라고 맨날 춥고 배고프겠냐?"

"개.조.심…. 이렇게 쓴 것 보다는 훨 낫자녀?"

명기의 말에 모두 깔깔거리며 웃었다.

2. 기정과 병염 의형제 맺다

군것질 타령

가화리와 읍내(금구리)는 철길을 경계로 나뉘어 있다. 가화리
에는 전기가 들어오지 않아 저녁이면 호롱불을 켜야 했다. 선
로 위의 전선들 때문에 전신주와 전선이 들어가지 못해서 그런
다고 했다. 밤이 되면 철길을 기준으로 서쪽은 암흑세계, 동쪽
은 가로등불이 듬성듬성 이어져 있었다. 병염과 기정은 서쪽
동네 가화리에서 태어나고 함께 자랐다. 전깃불로 보면야 서
쪽 마을과 동쪽 마을은 전혀 딴 세상이었지만 부모들끼리도 잘
아는 사이어서 포목점을 하는 복용의 어머니는 자투리 천을 따
로 모아 두었다가 형편이 어려운 아들의 친구네 집에 보내곤 했
다. 집집마다 형제들이 많았다. 자투리 천으로라도 소풍갈 때

입을 치마와 바지를 만들어 입힐 수 있으니 그 또한 참으로 감사한 일이었다.

기정은 46년 개띠지만 12월생이기 때문에 47년 돼지띠인 병염 (6남매 중 2남)과는 함께 학교를 다녔다. 기정의 부모는 부지런하고 검소하여, 절약하며 살았다. 아버지는 이재에 밝아 송아지를 여러 마리 사서 어려운 집안에 나누어주었고 송아지를 받아 간 집들은 가을이 되어 큰 소를 팔면 이자를 붙여 송아지 값을 갚았다. 봄에 보리가 나오기 전의 춘궁기는 정말 살인적이었다. 밀을 빻을 때 1차로 껍질을 벗겨내고 2차로 속을 깎아내야 부드럽고 뽀얀 밀가루를 얻을 수 있다. 속겨를 밀기울이라고 했는데 거친 부분이 많아 사람이 먹지 않고 보통 소죽 끓일 때 한 바가지씩 집어넣기도 한다. 춘궁기가 되어 집집마다 쌀이 떨어지면 밀기울에 사카린을 넣고 반죽을 해서 밀기울개떡을 해 먹는 것도 감사한 일이었다. 그럴 때쯤이면 기정의 아버지는 곳간을 열어 쌀을 빌려주고 가을이 되면 이자가 붙은 쌀을 받았다. 서로를 도우며 피차 조금씩의 이익을 보는 소박한 살림살이들이었다.

시내 포목점 아들 김복용은 수시로 철길을 넘어 기정의 집에 왔다.

"어, 병염이 여기 와 있었네? 아카시아 향기가 기가 막히다야."

"아카시아 꽃 좀 따올까?"

병염이 기둥에 걸려있던 낫을 꺼내어 밖으로 나갔다. 병염은 금세 꽃송이가 주렁주렁 달린 커다란 가지를 베어 와서는 기정이 동생 기자에게 넘겼다.

"야, 기자야. 이걸로 아카시아 떡 좀 쪄 봐라."

"아카시아 꽃을 먹는다구?"

"몰랐냐? 이게 을마나 맛있는데…."

병염이 소쿠리를 가져다가 꽃을 따서 담았다. 기자도 옆에서 거들었다.

"우리가 이걸루 떡 하믄 너는 먹지 마!"

꽃을 따던 복용이 기자에게 단호하게 말했다.

"우리 집에서 만들믄서 왜 먹지 말래는데?"

기자가 복용을 째려보았다.

"먹는 것도 몰랐담서?"

복용이 기자를 을르다가 눈을 돌려 꽃을 따면서 어조를 바꾸어 조용히 말했다.

"근데 기자야, 너는 이 집 딸이 아닌개벼."

"왜?"

"아무도 쪽제비 눈이 아닌디 너만 쪽제비 눈이자녀."

"뭐라구?"

기자가 들고 있던 아카시아 꽃송이로 복용의 얼굴을 후려쳤다.

"이 가스내가? 내가 틀린 말 했냐?"

복용이 기자의 이마에 꿀밤을 맥였다.

"죽구 싶어?"

기자가 꽃송이를 내려놓고 주먹을 쥐었다. 배가 퍽 고팠는지 병염은 둘을 쳐다보지도 않고 가마솥 아궁이에 불을 지피면서 말했다.

"기자야, 복용이 상대해서 좋을 게 없을겨. 얼렁 가서 밀가루 좀 내 와 봐. 소금이랑 사카린하구…."

병염은 아카시아 꽃을 물에 대충 헹구어 소금, 사카린을 섞은 밀가루를 뿌려 설렁설렁 섞었다. 기자가 가마솥에 채반을 올려놓고 보자기를 깔아 놓으니 병염이 밀가루 묻힌 아카시아 꽃을 채반 위에 올려 골고루 폈다. 십 분이나 지났을까. 아카시아 향기와 고소한 떡 냄새에 배가 요동치기 시작했다. 기자가 손 빠르게 집어 먹고는 소리를 내질렀다.

"야…. 기가 막힌 맛이네. 내가 오늘은 특별히 복용이 오빠를 용서해준다. 히히~."

밀, 보리 익어갈 때는 이삭을 꺾어서 불에 그슬려 손바닥으로 가시를 비벼 후후 껍질을 날리고 먹었다. 달콤한 맛이 으뜸이지만 청춘들의 주린 배를 채우기에는 역부족이었다. 그러나 손바닥에 묻은 검댕을 서로의 얼굴에 묻히느라 쫓고 쫓길 때에는 더 이상 허기가 그들을 괴롭히지 않았다.

보리 이삭을 구워 먹은 다음에는 하지감자 차례. 감자 캘 때 도와준 대가로 복용, 광용, 병염이 당당하게 주문한다.

"야, 기자야, 감자 좀 삶아라."

"그럼 오빠들이 샘에서 물 길어 껍질 좀 깎아!"

"그거야 못 하겠냐?"

"보릿대도 화덕 옆에 갖다 놓구!"

"그려. 그런디 너 지금 말 뽄새가 상당히 싸납다?"

"맨날 나를 성가시게 구니까 그렇지!"

"어, 또 쪽제비 눈 나오네."

"뭐여?"

복용은 바가지 물을 들고 쫓아오는 기자를 피해 뒤꼍으로 도망치고 그렇게 한 바퀴 도망 다니다가 샘가에 앉아 반달 모양으로 패인 숟가락을 들어 감자 껍질을 벗기기 시작했다.

"야, 병염이 광용이 느그들도 앉아서 까! 쪽제비가 물기 전에…"

기자는 또 눈을 흘기다가 화덕 앞에 앉아 보릿대 짚에 불을 붙였다. 껍질을 깎아 뽀얀 감자를 솥에 넣고 물을 반쯤 넘게 붓고 소금을 뿌려둔다. 보릿대 짚은 후두둑 후두닥 불이 잘 붙지만 날씨는 더워지고 연기는 나고…, 찌는 사람은 죽을 맛이다. 솥의 물이 다 졸아들 무렵 불 지피기를 중단하고 잠시 뒤 바닥에서 타는 소리와 냄새가 나기 시작하면 뚜껑을 열고 위에 사카린 물을 약간 뿌린 뒤 뚜껑을 닫고 솥을 좌우로 흔들고 나서 열어 보면 뽀얀 분이 묻은 포실포실 감자가 등장한다. 달콤 짭짤 포실포실…. 둘이 먹다가 하나가 죽어도 모른다. 입 안에서 노니는 천상을 맛을 누리면서 어찌 조금 전의 실랑이를 떠올릴 수 있으랴.

"그려. 이 맛이여."

"인생은 아름다운겨."

"기자야, 아까 놀려서 미안혀~."

"뭐라고 했었든가? 난 모르는 일이여."

비가 내리는 날에는 친구들이 여지없이 모여들었다. 광용과 명기가 들어오면서부터 이구동성으로 먹을 것을 찾았다.

"야, 기자야, 옥시기 없냐?"

"오빠들은 기정이 오빠 보러 오는 거여, 옥시기 먹으러 오는 거여?"

"님도 보고 뽕도 따는겨. 옥시기 없으면 감자라도 내 놔."

"감자도 없어!"

"왜? 안 쪄놨냐?"

"먹고 싶으면 오빠들이 햐!"

"우린 안 햐!"

"네들이 햐!"

"어라? 이것이 오빠들보구 '네들'이 뭐여! 이리 안 와?"

"메롱~ "

기정의 부모는 돈이 모이는 대로 땅을 샀다. 밭에는 옥수수, 감자, 고구마를 넉넉하게 심어 8남매와 그 친구들까지 먹을 수 있는 군것질거리가 풍족했다. 이러니 방학 때나, 비가 오는 날에는 시내에 사는 복용이, 기수, 명기, 광용이, 기성이가 하루가 멀다 하고 철길을 넘어 기정의 집으로 모여드는 것이다. 장명기는 키가 제일 작고 뽀얘서 막내 취급을 받았다. 놀리느라고 모두들 '맹기!'라고 불렀다. 점잖은 박기수는 키도 크고 어깨도 떡 벌어졌는데, 군복을 까맣게 물들인 상하복을 항상 깔끔하게 입고 다녔다.

유도를 했던 기수의 형은 씨름마당마다 상을 휩쓴 사람답지 않게 옥천읍내 사람들에게 '사랑바우'라 불렸는데, 기수를 비롯해서 그 집안 형제들이 모두 눈이며 얼굴이 동글동글 곱상하게 생겼기 때문이다.

봄에 기정 아버지에게 송아지를 가져간 사람이 소를 팔아 다 써 버렸는지 돈 대신 자기 집에 있던 새끼 꼬는 기계를 달구지로 실어왔다. 새끼줄은 초가집 지붕이엉을 엮을 때나 가마니를 짤 때나 용도가 많았다. 당시 생활력이 강한 처녀들은 손으로 아주 가는 것부터 다양한 굵기로 새끼줄을 꼬아 돈을 장만하기도 했다. 기정이 시범을 보였다. 기계 앞에 앉아 발로 양쪽에 달린 페달을 밟아가며 양손으로 좌우의 나팔처럼 생긴 입구로 연신 짚을 먹이면 저쪽에서 야무지게 배배 꼬인 새끼줄이 도롱태에 감겼다. 친구들은 눈이 둥그레졌다.

"혼자서 발도 놀리고 손도 놀려야 하는겨? 야…. 부지런해야겠는디?"

"대단허다야…. 이거 뭐여, 사람보다 열 배는 빠르겠는디?"

"열 배가 뭐여. 백 배는 빠르겠다야."

"누가 잘하는지 내기해 보자."

"어이, 차례차례로 가위바위보로 우선 순서를 정햐. 꼴찌는 폐달을 밟고 나머지는 양쪽에 서서 짚을 먹이라구."

"참말로 신기허네. 근디 너는 탈락이여"

"폐달을 눈치껏 밟아야지 그렇게 빨랐다가 느렸다가 허믄 어쩌자는 거여?"

"폐달 탓 하지 말어. 네가 눈치껏 짚을 먹여야지 말이여."

"이눔이 형님헌티 말대꾸여. 한 번 맞아볼텨?"

"우~울려구 내가 왔더냐, 마~즐라구 왔더냐~"

"이 자식이 증말⋯."

"기자야, 뭐허냐. 오라버니들 일 하시는디 감자든 고구마든 좀 쪄 와 봐라."

가을에는 밤을 주워다가 사랑방 아궁이에 구워먹었다. 복용은 장난기가 많아 여동생들이 있을 때는 껍질에 칼집을 내지 않은 밤을 몇 개 던져 넣었다. 밤이 펑펑 터질 때마다 여동생들은 기겁을 했고 복용을 킬킬거리고 배꼽을 잡았다. 주변에 보이는 모든 열매가, 꽃이, 돌멩이가, 막대기가 그들의 놀이 도구였다. 겨울에는 기정의 집 사랑방에 모여 장기를 두거나 화투를 치다가 지면 팔뚝 맞기, 이마 꿀밤 맞기를 했다. 장난으로 때리는 것이지만 팔

뚝이 빨갛게 부풀어 올라서 티격태격 주먹다짐으로 이어지기도 했다. 그러나 결국 그들은 엉겼다 풀어졌다 하며 인생의 푸른 시기를 함께 보내고 있었다.

다른 집에 없는 오빠

기정의 부모는 딸들은 초등학교면 충분하다고 생각했고 아들들은 많이 가르쳐야 한다고 생각했다. 기정은 기차를 타고 대전의 고등학교로 통학을 했는데 어느 날 담임이 찾아왔다. 기정이 학교를 안 나온다는 것이다. 기정이 도시락을 싸서 기차를 타고 대전을 가다가 중간에 내렸다가 다시 시간 맞춰 기차를 타고 집에 돌아오고 있다는 것을 부모는 담임을 통해 비로소 알게 되었다. 피부가 곱고 곱상하게 생긴 기정은 누이동생들이 풀을 먹여 빳빳하게 다려놓은 교복을 입고 다녔는데 학교의 불량배들은 기정을 그냥 놓아두지 않았다.

"야, 이 새끼야. 그 칼라에 찔리겠다!"

"야, 넌 네 누이들 화장품 뺏어 바르고 댕기냐? 피부가 왜 그렇게 고와?"

기정의 옷을 건드리다가, 얼굴을 건드리다가 기정이 피하면 떼거리로 덤벼들어 두드려 패고 밟았다. 두세 번 겪고 나서 기정은 장기결석을 선택했다. 사실을 알게 된 아버지가 사정사정 했지만 기정은 절대로 가지 않겠다며 자기 뜻을 굽히지 않았다. 결국 아버지가 뜻을 굽혀 기술을 배울 것을 제안했는데, 대전에 나가 이발 기술을 배우다가 적성에 맞지 않다며 중도 하차했다. 최근에는 집에서 아버지의 농사일을 착실히 돕고 있었다.

전기가 안 들어오는 가화리에서는 집집마다 저녁을 일찍 해 먹고 치워야 했다. 가화리 처녀들에게는 어두워지면 밖으로 나들이 가는 것이 허용되지 않았다. 그러나 기정은 동생이 답답하게 집 안에만 갇혀 있는 것을 안쓰러워했다.

"기자야, 나 시내 가는데 나랑 나갈텨?"

"그려. 오빠 어디 갈 건디?"

"극장 앞에서 친구들 만날 거여."

"그럼 이따가 들어올 때 철길 건널목 앞에서 만나!"

"그려. 아홉 시까지 올래?"

"열 시!"

"혹 내가 조금 늦더라두 깜깜한디 혼자 가지 말구 기다려!"

기자의 친구들은 다른 집과 참 다른 오누이 사이를 한없이 부러워했다.

"기정아아~. 외할머니 댁에 심부름 좀 다녀와라~."

"예!"

기정 어머니는 툇마루 위에 보자기를 펴놓고 오이, 가지, 호박, 풋고추 등을 따서 네 귀퉁이를 묶었다. 이미 싸 놓은 보따리에는 곡식이 들어 있는 듯 묵직했다. 고추장 된장 감자 옥수수…. 어머니의 잦은 심부름 요구에도 기정은 한 번도 싫은 내색을 하지 않았다. 외할아버지가 일찍 돌아가시고 오랫동안 집안의 가장노릇을 했던 어머니가 외가의 사정을 잘 알기에 보내는 심부름일 터였다.

"오빠 나도 같이 가~."

외가는 군서면 사정리. 집에서 10km나 떨어져 있으니 보따리를 들고 동생과 가자면 왕복 대여섯 시간은 잡아야 했다. 길은 모두 비포장 도로. 지름길로 가려면 가끔은 산길을 택해야 할 때도 있다.

"오빠 나 목 마른데…."

"그려? 잠깐 기다려."

기정은 큰 나뭇잎 몇 개를 포개어 개울물을 떠다가 기자 입에 대주었다.

"야…. 여기 산딸기가 많이 있네. 어, 잠깐! 너, 거기서 기다려."

기정은 산딸기나무 가시가 동생을 할퀼까봐 기다란 막대기를 주워 산딸기 줄기들을 한쪽으로 치워주었다. 동생을 지나가게 하고는 기정은 산딸기를 한 움큼 따서 동생 손바닥에 올려놓았다.

"오빠, 가까이서 매미소리 나는데?"

"그려, 근처에 있나 보다."

기정은 보따리들을 내려놓고 주변을 살펴보다가 한 나무를 발견하고는 조심조심 기어 올라가 매미를 잡아 동생에게 주었다.

평지가 나오자 둘은 보따리 두 개를 막대에 꿰어 막대 끝을 각각 어깨에 매고 길을 걸었다.

"하하. 이렇게 하면 당나귀도 매고 갈 수 있겠네."

뒤쪽에서 부지런히 따라가며 기자가 말했다.

두 친구

누가 무어라 해도 친구들 중에 기정과 제일 가까운 건 근처에 사는 병염이었다. 병염은 성격이 모질지 못했다. 장난을 치다가 잡히면 금방 웃으며 미안 미안, 쏘리 쏘리, 잘못했어~! 손을 싹싹

빌며 기정의 허리를 껴안고는 했다. 기정이 미워하려야 미워할
수 없는 친구였다. 병염의 아버지는 오랫동안 병석에 누워 있다
가 6남매를 남겨두고 운명을 달리했다. 병염은 초등학교 6학년
을 중퇴하고 말았다. 병염과 달리 배우 빰치게 생긴 병염의 형은
직업군인의 길을 선택했는데 제 앞가림도 쉽지 않았든지 집에 남
겨진 동생들을 돌보지 못했다. 병염이 굶는 날이 많다는 걸 아는
기정은 집에 있는 풀주머니에 보리쌀이며 콩을 담아 병염의 집에
가져다주거나 바가지에 밥을 담아 보자기를 덮어 가져다 주고는
했다.

　엄마의 잦은 심부름 길을 기정은 병염과도 같이 잘 다녔다. 병
염의 집은 철길에서 양수리 쪽으로 더 들어가야 했다. 병염은 학
교를 중퇴하고 시내 옥천문화양복점 종업원으로 일했다. 3년 후
양복점을 떠나 대전으로 서울로 다니며 힘겹게 돈벌이를 하다가
몇 년 전 다시 고향으로 돌아왔다.

　"병염아~ 집에 있냐?"

　"기정이냐? 나 지금 막 나무 해다가 부려 놓는 참이여."

　고향으로 돌아온 병염은 얼굴은 까칠해졌지만 한결 어른스러
워져 있었다.

　"나랑 우리 외갓집 심부름 같이 갈 텨?"

"사정리? 그려~"

곡식이 든 무거운 보따리를 병염이 한사코 달라고 했다. 그만 두라고 했지만 병염이 기어코 더 무거운 보따리를 자기가 빼앗아 들었다.

"늬들 어머니는 참 대단하시다 야. 이런 효녀 딸도 없을 거여."

"그려~. 외할아버지 일찍 돌아가시고부터 쭉 가장 노릇을 하셨 댜. 그런디 출가하고 나서 홀어머니랑 어린 동생들이랑 걱정이 많이 되셨던 가벼."

"그려도 네들 아버지는 건강하시구 두 분 모두 부지런하시니께 얼마나 감사한 일이냐."

그렇게 말하는 병염의 얼굴에 잠시 그늘이 스치고 지나갔다.

"그려. 부모 그늘에 있는 게 얼마나 행복하고 감사한 일인지 우 리가 철이 없어 잘 모르지. 우리 집에 봄에 병아리들 나왔자녀? 풀어놓으면 어디서 꼭 삵괭이니 오소리니 하는 것들이 병아리 어 미를 노리더라구."

"왜 어미를?"

"놈들이 나타나면 다들 요란스럽게 도망가는디 어미는 새끼들 을 보호하느라고 도망을 안 가거든"

"그래서 잡아 먹히는겨?"

"현장을 우리가 보지는 못햐. 그런디 저녁이면 병아리들만 집으로 돌아오거든. 아…. 에미가 당혔구나…. 그렇게 알지."

"그럼 병아리들끼리 크나?"

"그런디 에미가 없어지면 병아리들도 하나 둘 죽어 없어지더라고."

"왜?"

"저녁에는 또 쥐들이 들락거리자녀. 어미가 있으면 품에 품고 자는디 어미가 없으면 춥기도 하고 보호자가 없으니 쥐들의 목표가 되는가벼. 그래서 결국 어미가 없어지면 병아리들도 하나 둘 사라져."

"다른 암탉들은 모른 척하나?"

"각자 지 새끼들 돌보느라고 남의 새끼는 안 거두더라고."

병엽이 한숨을 깊게 내 쉬었다.

"나도 객지에서 떠돌아다녀 봤자녀. 구두닦이도 해 보고, 껌팔이도 해 보고, 다방 청소도 해 보고…. 춥고 배고프고, 그게 그렇게 서럽더라. 객지에서 혼자라는 게…. 못된 놈들 만나면 그나마 푼돈 벌어놓은 것도 다 뺏기고, 결국 본전도 못 찾지. 그래서 다방 청소니 뭐니 해 봤지만 사람 무시하고, 종 부리듯이 하고….

참으로 도회지는 살 곳이 못 되는 것 같더라고."

"까마귀도 고향 까마귀가 좋다는 거 아녀."

"그려. 타향살이 하다 보니께 네 생각이 제일 많이 나더라. 네가 간간이 도와주는 게 그렇게 고마웠어도 철이 없어 표현도 못하고…."

"당연한 건디 뭐~."

"아녀. 도시 살어 보니까 안 그렇더라니께. 살벌한 정글 세계여. 네 말대로 어미닭 없는 병아리 신세지 뭐~. 고향은 어미닭과 같은 거여~."

병염이는 도시의 가난한 삶에 대해서 오래도록 이야기했다. 배고픈 것보다 병염을 더 힘들게 했던 건 사람을 무시하고, 뻔뻔한 거짓말을 함부로 하고, 힘이 있다고 잘난 척하는 군상들이었다.

"이제 착실히 기술 배워서 고향에서 뿌리내릴 거여. 형이 재단 배우고 나면 양복점 차려 준댜."

"여…. 잘됐네. 고생 끝에 낙이 온다고 안 혔냐? 너헌티 양복 얻어 입으려면 나도 돈 좀 모아야겠다야."

외사촌 누이와 화투를 치다 왔는지 기정은 별이 초롱초롱 빛나는 늦은 밤이 되어서야 집에 도착했다. 마당에 들어선 기정은 동생 기자에게 주머니에서 아주 작은 유리병을 꺼내어 흔들어보였다. 입구를 고무 뚜껑으로 틀어막은 작은 주사액 유리병 안에는 모래가 들어 있었다.

"그게 뭐여?"

"모래여. 나랑 병염이랑 의형제를 맺었거든. 그 기념으루 모래를 담아 하나씩 나눠 가진 거여."

"웬 모래?"

"바위는 쪼개지지만 모래는 더 이상 쪼개지지 않자녀. 모래가 변하기 전에 우리의 우정과 우리의 맹세는 절대로 변하지 않는다, 이거여."

"동해물과 백두산이 마르고 닳도록?"

"바로 그거여!"

"오늘두 언니들이랑 화투쳤어? 언니 친구 서정숙이두 오구?"

"응."

"도옥순 언니두 오구?

"응."

"그래서 오빠들이 기분이 좋았구면?"

"하하. 아녀. 오고 가면서 병염이한테 많은 이야기를 들었어. 병염이 얼굴이 그렇게 반짝이는 거는 처음 봤네."

"무슨 얘기?"

"그놈 어려서부터 학교도 안 댕기고 혼자 지내는 시간이 많았자녀. 썰매 타기, 자치기 하면서 놀기만 하는 장난꾸러기인 줄 알았는디 철이 들었는지 나헌티 깊은 속내를 털어놓더라고. 고향떠나 객지 생활할 때 굶주려 가며 어떤 고생들을 겪었는지 어떤 생각을 하며 살았는지. 내가 가끔 건네준 보리쌀 주머니 이야기를 하며 울먹이더라고. 그게 녀석헌티 그렇게 큰 의미가 있었을 줄은…. 참 짠혀. 나는 건강하고 부지런한 부모덕에 참으로 호강하고 산 택이여."

최근 월남에 다녀온 병염의 형이 병염에게 재단 일을 제대로 배우고 나면 양복점을 내주겠다고 해서 병염은 대전 가정사범학교재단과에서 단기로 재단을 배우며 틈틈이 대전의 체육관에서 권투도 배웠다. 복용은 대전으로 이용기술을 배우러 다녔고, 명기도 이발이니 트럭 운전이니를 배운다고 했다. 광용은 신축 공사판에 다니느라고 까만 얼굴이 더 까매졌다. 기수, 명기, 기성보다 나이가 한 둘이 더 많은 광용, 복용, 기정, 병염은 곧 군대 갈나이가 되었다.

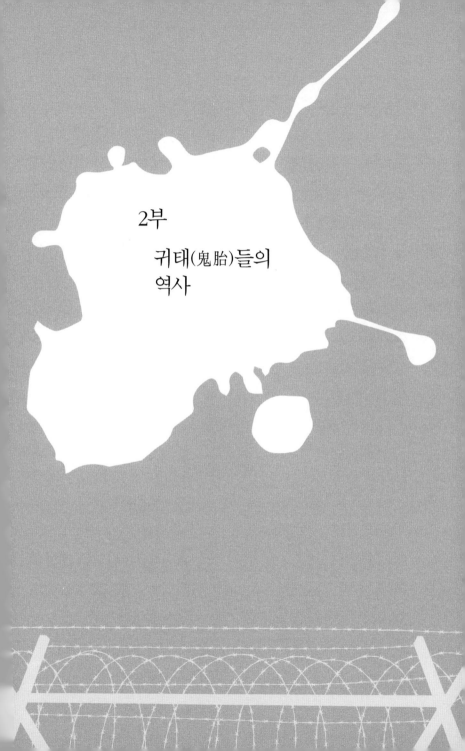

2부

귀태(鬼胎)들의
역사

1. 식민 지배와 베트남 전쟁

모든 식민 지배는 자국의 이익을 위해 남의 나라를 침략해 약탈하는 것을 기본으로 한다. 우리가 당했던 일본의 식민 지배만 악랄했을까? 멋진 샹송을 부르는 낭만적인 프랑스는? 신사의 나라라고 불리는 영국은?

프랑스는 영국과 함께 세계에서 가장 큰 식민 제국을 지배하고 있었고 식민지로부터 막대한 부를 축적했다.

영국이 일으킨 비열하고 교활한 아편전쟁

19세기. 영국은 중국과의 무역에서 적자를 보자 교활한 꾀를 생각해냈다. 식민지와 다름없는 인도의 벵골에서 대규모의 양귀비를 길러 아편을 중국에 싼 값으로 풀어놓자는 것이다. 그들은

영국의 아편 침탈-서구열강의 침탈에 속수무책으로 무너지는 상황에서 '동아병부(東亞病夫): 동아시아의 병든 사내'라는 말이 국내외에 등장하게 되었다.(사진 서영수 제공)

이미 아편의 해악을 알고 있었기 때문에 그것이 중국에 어떤 결과를 가져올지 알았다.

중국 성인의 1/4이 마약쟁이가 되었는데 중국 정부가 수입을 금지하고 아편을 몰수해 없애버리자 영국은 사소한 시빗거리를 빌미로 전쟁을 시작했다.(1840년 1차 아편전쟁) 영국 내에서도 수치스러운 일이라며 반대를 하는 여론이 일기도 했으나 영국 정부는 돈을 벌어들이기 위해 기어코 아편전쟁을 선택했다.

전쟁이 시작되자 영국은 살인, 강간, 약탈, 방화를 저질렀고, 어거지로 난징조약을 맺어 막대한 배상을 요구하고 자기들에게 중요한 거점이 될 항구인 홍콩을 중국에 요구했다. 그래도 성이 안 찬 영국은 배에 달고 있는 자기 나라 깃발을 중국인이 찢었다는 등의 사소한 이유를 구실삼아 1856년부터 프랑스와 연합해서 1860년까지 4년 동안 2차 아편전쟁을 벌였다. 1, 2차 아편전쟁은 이렇게 20년에 걸쳐 중국을 나락으로 빠뜨렸다.

결국 우월한 무기를 가진 영국은 1860년 10월 베이징조약을 통해 자기들 뜻대로 아편 무역을 합법화시켰다. 프랑스, 러시아, 미국도 베이징에 상주할 권리를 챙겼다. 러시아는 겨울에도 얼지 않는 항구가 있는 연해주를 빼앗아 가고 영국은 홍콩에 이어 구룡반도와 신계까지 손에 넣었다.

그로부터 근 100년이 지나 1949년 중국 공산당 정권이 들어선 이후 마오쩌둥은 아편 상인, 재배자, 유통업자를 사형 등 중형에 처하고 중독자는 감금 격리 치료를 하는 등 초강경책을 동원했다. 중국은 그제서야 비로소 영국이 뿌려놓은 아편의 손아귀에서 벗어나게 되었다.

이런 천인공노할 침탈은 비단 영국-중국 사이에서만 벌어진 일이 아니었다.

프랑스의 잔혹한 식민지 착취 1: 아이티

프랑스의 식민지 침탈은 17세기 들어서자마자 시작되었다. 1603년 퀘백을 포함한 북아메리카 절반을 점령했고 남아메리카의 기아나, 카리브해 섬과 아이티, 인도 해안 일부, 아프리카 세네갈을 식민지화했다. 그중 중앙아메리카에 있는 섬나라 아이티는 140년간이나 식민지로 지배했다. 이미 스페인의 점령을 당해 원주민들이 몰살당한 아이티에 아프리카에서 노예들을 데려다가 정착시켰는데 1664년 프랑스 서인도 회사가 스페인으로부터 아이티의 서쪽을 물려받아 공식 영유권을 선언했다. 당시 아이티는 세계 최대의 설탕(유럽 소비 40%)과 커피(유럽 소비 60%) 생산국으로, 프랑스 국부의 70%를 담당하기도 했다.

프랑스 농장주가 노예로 삼기 위해 아프리카에서 아이티로 데려온 흑인은 80만 명이나 되었다. 프랑스의 노예제도는 가장 잔혹하다고 소문이 났는데 불복종하면 극도로 잔인한 고문을 가했다. 1789년 '자유, 평등, 우애'를 내걸은 프랑스 대혁명을 거치며 프랑스는 1794년 해외 식민지 노예 제도 폐지를 발표했지만, 꿀단지로 여기는 아이티만은 필사적으로 사수하고자 했다. 프랑스는 독립을 원하는 아이티 흑인들을 화형, 수장, 가마솥에 산 채로 넣어 죽이기, 원형경기장에 넣어 개에게 물려 뜯겨 죽게 하기, 흑인을 가득 태운 배의 짐칸에 유독가스를 넣어 질식해 죽이기를 통해 살육했다. 가스 선박 학살 피해자만도 10만 명에 달했다.

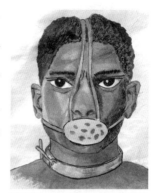

입마개는 노동자들이 사탕수수를 베는 작업을 하는 동안 먹지 못하게 하려고 프랑스인들이 고안한 것이다.

아이티 주민들은 1791년부터 14년간 목숨을 걸고 투쟁하여 1804년 결국 독립을 쟁취했다. 그런데 프랑스는 아이티가 독립함으로써 1억5천만 프랑을 손해 봤다며 독립 아이티에 식민 지배 배상금을 요청했다. 아이티는 122년간 그 돈을 갚아야 했고, 빚을 모두 갚은 1947년에 세계에서 가장 가난한 나라들 중 하나가 되었다. 입마개는 노동자들이 사탕수수를 베는 작업을 하는 동안 먹지 못하게 하려고 프랑스인들이 고안한 것이다.

프랑스의 잔혹한 식민지 착취 2: 마다가스카르

마다가스카르 섬은 1897부터 1958까지 60년 넘게 프랑스의 식민지였다. 2차 대전 기간 '프랑스 해방'을 위해 징집되어 싸운 마다가스카르 인들은 드골이 감사의 뜻으로 독립을 인정해 주리라 기대했지만 웬걸, 오히려 대규모의 학살이 시작되었다. 섬의 원주민 말라가시 인들은 가혹한 식민 지배를 벗어나 독립을 쟁취하기 위해 대규모 무력 투쟁을 일으켰는데, 프랑스는 1947년 18,000명의 정규군을 파견해 반란을 진압했다. 대규모 처형, 고문, 강간, 마을 파괴, 비행기에서 산 채로 포로를 내던지는 등의 만행을 일삼았다. 15년간의 독립운동 탄압 과정에서 약 70만 명의 주민들이 사망했다. 마다가스카르와의 전쟁에서 패배한 프랑스는 '전쟁 보상금'을 요청했고 마다가스카르는 불평등 조약의 족쇄에 묶여 파리로부터 빚을 얻어 이를 갚아 나가야 했다.

프랑스의 잔혹한 식민지 착취 3: 세네갈

2차 세계대전 당시 서아프리카의 프랑스 식민지 세네갈에서 병사들을 징집해서 부려먹던 프랑스 정부는 병사들이 부당한 차별 대우에 반발해 반란을 일으키자 35~70명의 병사들을 살해했다.

서아프리카에서는 부족장들을 꼭두각시들로 갈아치우고 바나나와 커피 농장을 만들어 원주민을 노예로 삼아 생산에 동원하고, 철도를 건설해 물자를 착취했다. 가혹한 세금을 물렸고 강제 노동에 동원했다. 1차 세계대전(1913~1918) 때에는 175,000명의 서아프리카 인들을 징용해 전쟁에 이용했다. 프랑스는 이곳에서 코끼리 상아를 대량 반출해 유럽에 내다 팔고 아동 착취 노동으로 초콜릿을 만들어 유럽에 팔았다.

프랑스의 잔혹한 식민지 착취 4: 알제리

1800년대에 프랑스는 바르바리 해적을 소탕한다는 구실로 군대를 끌고 알제리 지역에 들어와 프랑스령 알제리를 세웠다. 이후 알제리가 독립을 하는 1962년까지 프랑스는 알제리를 132년간 식민 지배했다. 1954년~1962년에 프랑스는 알제리에서 독립운동을 하는 수십만 명을 학살했다. 프랑스는 자국민이 살해당할 경우 몇 배에 달하는 알제리 민간인을 죽여 보복했고, 민간인에 대한 무차별 폭격, 학살, 마을 파괴, 고문, 강간도 서슴지 않았다. 1961년에는 프랑스 파리에 거주하던 알제리 인들의 시위에 총격을 가해 100명~200명의 목숨을 앗아갔다. (프랑스 축구선수 지단은 알제리 출신이다.)

베트남, 100년에 걸쳐 프랑스에게 착취 당하다

　베트남 마지막 왕조 '응우엔'은 프랑스 카톨릭 교회의 지원을 받아 건국되었다. 프랑스는 중국 진출의 발판으로 삼기 위해 1862년 베트남을 침략했고 베트남에 400만 달러의 '전쟁 배상금'을 요구했다. 이를 고리로 불평등 조약에 도장을 찍게 하고는 1945년까지 식민통치했다.

　100년에 이르도록 프랑스는 베트남인을 노예화하고 최대의 이윤을 얻기 위해 베트남인들의 노동을 쥐어 짜냈다. 베트남인들의 반항을 최소화하기 위해 통킹, 안남, 코친차이나로 나누어 그들의 토지를 대부분 몰수한 후 플랜테이션으로 재조직해 노동을 강제했다. 농민들은 매일 평균 15시간의 가혹한 노동에 시달렸고 속도를 내지 못하면 감독관으로부터 사정없는 구타를 당했다. 베트남의 고무 생산은 전 세계 생산량의 5%. 그러나 프랑스인이 운영하는 미쉐린(타이어의) 고무 농장에서는 전쟁 기간 동안 17,000명의 노동자가 죽어나갔고 공공사업에 동원된 철도 노동자 중 25,000명이 사망했다.

　프랑스는 베트남인들에게 노동세, 인두세 등 가혹한 세금을 부과했다. 술과 쌀 소금은 프랑스 정부가 전매제를 실시해서 무거운 세금이 붙었다. 아편을 재배해 수입을 거두기도 했으며 아연, 주석, 석탄 등 베트남의 풍부한 지하자원을 갈취했다. 1947년에는 300명이 넘는 민간인이 프랑스군에게 학살당했는데 170명은 여성, 157명은 어린이였다. 프랑스군은 여성들을 살해하기 전에 강간했고 모든 집에 불을 질렀다.

베트남의 독립운동을 막아선 미국

1945년 2차 세계대전이 끝나고 대부분의 식민지들이 독립되었을 때 프랑스는 오히려 더욱 적극적으로 식민지에 매달렸다. 1946년 11월 프랑스는 다시 베트남 지배권을 주장하며 베트남에 들어선 호찌민 정부를 인정하지 않고 하이퐁에서 폭격을 시작, 그날 하루에 6천 명 이상의 시민을 학살했다. 1949년 사이공에 친 프랑스 괴뢰 정부를 세우고 이후 1957년까지 8년간 50만 명의 병력을 동원해 베트남의 독립을 저지했다. 그 기간 동안 미국은 프랑스를 지원했다.

미국은 공산화된 중국을 견제하고 세계 제1의 국가가 되기 위해 베트남에 반공 정부가 세워져야 한다는 입장을 고수했다. 1955년 6월 북베트남의 호찌민 정부는 제네바 협정에 따라 베트남 통일정부 구성을 위한 선거를 실시하는 절차의 협의를 요구했으나 미국은 이를 거부했다. 10월에 남베트남에서만 국민투표를 실시하여 응오딘 지엠을 대통령으로 하는 친프, 친미 베트남 공화국이 탄생되었다.

부패하고 무능했던 남베트남과 그들을 부추겼던 미국

응오딘 지엠(고딘디엠)은 프랑스 식민 지방군의 대장을 지냈던 자로 독실한 가톨릭 신자이자 철저한 반공주의자였다. 독신의 지엠은 동생 누를 수석보좌관 겸 비밀경찰 책임자로 세웠고, 누의 아내 마담 누를 퍼스트레이디로 삼았다. 마담 누의 아버지는 미국 대사로, 어머니는 유엔 참관인으로 보내고 친형은 추기경으로, 형제들과 사촌, 일가친척 들을 지방의 권력자로 정부의 주요 요직에 들어앉혔다. 정권에 반대하는 모든 활동을 공산주의자의 소행으로 몰아 1956~1957년 사이에 12,000명을 사형시키고, 1958까지 4만 명을 감옥에 몰아넣었으며, 베트남인 다수가 믿고 있던 불교를 탄압했다. 그러나 1961년 사이공을 방문한 미국의 부통령 존슨은 '지엠은 아시아의 윈스턴 처칠'이라 추켜세웠다.

1963년 6월, 사이공에서 탄압에 저항하며 승려 틱꽝득이 분신

했다. 마담 누는 이를 보고 '땡중의 바비큐 쇼'라고 비웃었다. 틱꽝득의 분신 이후 지엠의 동생 누의 부하는 특전 부대를 동원해 수백 군데의 사찰을 습격하고 석탑을 파괴했다. 북베트남에서 성공했던 토지개혁도 남베트남에서는 지주들의 꼼수를 허용하여 무용지물이 되고 말았다. 농민들은 지엠 정부와 맞서는 남베트남 민족해방전선을 지지하게 되었다. 1963년 11월 군사쿠데타가 일어났고, 미국의 지원을 받던 지엠 대통령과 동생 누는 습격을 받고 사망했다. 베트남의 다수의 민중들은 부패하고 무능한 정권을 지지하고 지원했던 미국을 프랑스와 버금가는 원수로 여겼다.

베트남 인민들의 최고 사랑을 받은 호찌민

'깨우치는 자'라는 뜻을 지닌 이름 호찌민(胡志明, 1890-1969). 그가 가난한 유학자의 아들로 태어났을 때, 조국 베트남은 이미 프랑스의 식민 지배를 당하고 있었다. 21세인 1911년에 프랑스 배에 선원으로 취직하고, 미국, 프랑스 유학 중 압제 속 식민지 대중에게 우호적인 프랑스 공산당에 입당했다. 호찌민은 조국 베트남이 프랑스를 물리치자 일본이 점령하고, 일본을 물리치자 다시 프랑스가 들어오는 등 제국주의자들이 절대로 놓으려 하지 않는다는 것을 분노에 찬 가슴으로 지켜보았다. 제2차 세계대전 중 베트남에 돌아와 항일독립운동, 프랑스와의 독립운동을 벌였다. 1954년 힘겹게 80년간에 걸친 프랑스 식민 지배를 벗어났다. 그러나 남부의 친미 부패 정권을 지원하던 미국이 1964년 통킹만 사건을 조작하여 베트남 공격을 시작하자 북베트남의 최고 군사 지휘관이 되어 독립을 지키고자 맞섰다. 안타깝게도 통일 조국을 보지 못하고 1969년 심장마비로 사망했다. 영어, 중국어, 프랑스어를 유창하게 사용했으며 태국어, 스페인어, 독일어, 러시아어에도 능했다. 그의 유산으로는 옷 몇 벌과 낡은 구두가 전부였다. 그는 자기가 죽은 뒤 자기를 기념하고 추모하는 어떤 행위도 하지 말 것을 부탁했다.

통킹만 사건 조작으로 베트남 독립을 막아선 미국

1964년 8월 미국의 구축함 USS 매덕스는 통킹만에 정박하고 있었다. 2일과 4일 미국은 어뢰정의 공격을 받았다고 주장했다. 북베트남은 강력히 부인했다. (40년 후 기밀 해제된 미 국가안전국 보고서에는 '8월 4일 북베트남의 어뢰정 공격은 없었다'고 기록되어 있다. 미국 측 전사자는 한 명도 없었다.)

전 대통령 케네디는 베트남에서의 확전을 원치 않았다. 그래서 1961년 쿠데타 이후 국가재건최고회의 의장으로 미국을 방문한 박정희의 베트남 파병 제안에도 심드렁했던 것이다. 그러나 1963년 11월 케네디 암살 이후 대통령 권한 대행자였다가 대통령이 된 존슨의 생각은 달랐다. 미국 국가안전보장회의는 통킹만 사건을 시작으로 북베트남에 대한 폭격을 시작했다(베트남전쟁 동안 미군이 사용한 폭탄은 모두 700만 톤). 미 공군이 주둔한 비행장이 몇 차례 공격을 받게 되자 1965년 3월 미국은 여론의 압도적 지지를 받고 지상군을 파병했다.

1964년 남베트남에 도착한 웨스트 모얼랜드 장군은 1967년 말까지는 최종적으로 승리할 것이라고 장담했지만 미군의 의무복무 기간은 1년이었으므로 충분한 병사를 확보하기 어려웠다. 주변국에 도움을 청해 보았지만 모두들 파병을 거부했다. 베트남인들의 정당한 독립 활동을 미국이 가로막는 형국인지라 프랑스의 철학자 장 폴 사르트르는 베트남전쟁을 '더러운 전쟁[Dirty War]'이라 정의했는데 많은 나라들이 그와 같은 생각에 동의했기 때문이다. 존슨은 1961년 케네디에게 파병을 먼저 제안한 바 있는 박정희를 기억해냈다. 존슨은 주변 국가 중에 확실하게 구워삶아 파병을 해 줄 수 있는 상대로 박정희의 한국을 찍었다. 더욱이 주한

미 대사 버거는 '미군이 월남에 파병하는 것보다 한국군 전투 부대는 인명, 재산 면에서 훨씬 적은 비용이 소요될 것이므로 한국의 요구사항을 다 들어주더라도 미국 측에 유리하다'고 보고서를 보내오지 않았던가.*

화끈한 접대로 박정희를 움직일 수 있다!

존슨은 부통령일 때 케네디를 도와 한반도의 남쪽에 친미반공 정부를 세우기 위한 노력에 함께 했었고, 그것을 위해 쿠데타를 준비 중인 박정희를 탐구했었다. 친일, 친공, 반공, 친미 등 권력을 잡기 위해서, 권력을 유지하기 위해서라면 무엇이라도 할 사람, 박정희. 그래서 뱀 같다고 스네이크 박이라 부르면서도 5·16 군사 쿠데타를 돕지 않았던가. 박정희의 됨됨이를 알고 있던 존슨에게 방법을 찾는 것은 어렵지 않았다. '전용기를 보내어 초청하고 카퍼레이드를 해 주자!' 1965년 5월 16일, 쿠데타 일에 맞추어 존슨은 박정희를 초대했다.

이미 한국은 두 달 전인 3월에 이동외과병원과 태권도 교관단,

---

* 송승종, 『미국 비밀해제 자료로 본 대통령 박정희』, 북코리아, 2018, 202쪽.

그리고 비둘기 부대를 파견했다. 존슨은 미국을 방문한 박정희에게 주한미군의 현 수준 유지, 재정지원, 개발융자, 기술지원, 식량 원조 제공 등 선물 보따리를 내놓으며 추가 파병을 요청했다.

"월남에 한국군을 추가로 파병할 수 있습니까?"

"한국 정부가 1개 사단을 파병할 수 있습니까?"

"베트남이 승리할 수 있도록 파병해 주시기 바랍니다."

"한국의 파병이 매우 도움이 됩니다."

"월남 파병 규모를 1개 사단으로 늘려 주시기 바랍니다."

20분 미만의 회담 동안 존슨은 박정희에게 4분에 한 번 꼴로 '추가 파병'을 애원했다.*

박정희 대통령은 이를 승인하고

1965년 존슨은 25개국에 월남 파병을 요청했다. 제국주의 세력으로부터 나라를 찾으려는 베트남을 다시 공격하는 미국의 부당한 처사에, 미국이 믿었던 우방들은 모두 파병을 거절했다. Dirty War(더러운 전쟁)라며 세계가 눈살을 찌푸리고 있던 터였다. 존슨은 애가 탔다. 권력을 과시하고 싶어 하는 박정희의 허영심을 잘 알고 있던 존슨은 용의주도하게 5월 16일로 택일을 해서 박정희를 초청했다. 자기 전용 비행기를 보내어 태워와서 요란한 카퍼레이드를 베풀었는데, 지혜로운 자라면 지나치게 화려한 환영은 뭔가 검은 속내가 있기 때문이라는 것을 알아차렸을 것이었다. (사진제공 KTV)

---

* 송승종, 앞의 『미국 비밀해제 자료로 본 대통령 박정희』, 141쪽.

월남전 장래가 어둡다는 걸 알았던 박정희

사실 박정희는 베트남전쟁의 미래가 암울하다는 것을 알고 있었다. 1964년의 통킹만 사건 이후 미국이 전쟁에 본격적으로 발을 디디자 그해 말 육군 참모부장 채명신을 월남에 파견해 사정을 알아보라고 했다. 채명신은 돌아와 이렇게 보고했다.

"월남전의 장래는 매우 어둡습니다. 솔직히 말해 한국이 이에 참전하는 것은 무모합니다.'"

공화당 의장서리 정구영도 확실한 반대 의사를 표했다.

"이미 기울어져 가는 전쟁터에 무엇 때문에 우리 젊은이들을 끌어들여 피를 흘리게 한단 말이오? 무엇 때문에 그 따위 대리전쟁에 우리 젊은이를 용병으로 내몰 필요가 있단 말입니까?"

엎친 데 덮친다고 1965년 1월 중공도 성명을 발표해서 한국이 월남전에 파병하면 자기들도 월맹을 지원하겠다고 나섰고, 북한 측에서도 한국의 참전을 견제하기 위해 대규모 유격전을 전개할 계획이라는 정보도 들렸다. 중공군의 남침을 걱정하며 야당도 반대하고 나섰다.

---

* 김경재, 『중앙정보부장 김형욱 회고록 혁명과 우상』, 전예원, 1991, 148쪽.

그러나 이 모든 어두운 전망과 우려들은 박정희가 1965년 5월 존슨을 만나 카퍼레이드 등 화끈한 대접을 받고 돌아온 이후 모두 묵살되었다.* '65년 10월 박정희는 전투부대 맹호부대와 청룡부대를 파병했다.

미국에서의 반전운동 - 아기를 안고 분신한 모리슨

박정희가 카퍼레이드 등 미국에서의 화끈한 대접을 받고 돌아온 지 5개월 후인 10월 14일 청룡부대가 깜리인에 상륙하고 11월 2일 맹호부대가 꾸이년에 상륙했다. 바로 그날, 1965년 11월 2일, 31살의 퀘이커교도 노먼 모리슨은 아내가 남매를 유치원에 데려다 주러 간 사이에 차로 1시간을 달려 돌이 갓 지난 막내딸 에밀리를 껴안고 미국방성 국방장관 맥나마라 집무실에서 내다보이는 자리에서 분신자살을 했다. 다행히 행인이 아기를 빼앗아 살렸지만 모리슨의 죽음은 미국 내 반전운동을 점화하는 불씨가 되었다.

미국 내의 반전운동은 1968년 피해자가 여성과 아동이 대부분

---

* 김경재, 앞의 『중앙정보부장 김형욱 회고록 혁명과 우상』, 148~152쪽.

인 미라이 양민 대량 학살 사건이 폭로된 이후 점점 확산되었다. 미군이 약 200만 명의 베트남 양민을 학살했고 '에이전트 오렌지' (일명 고엽제)라는 생화학무기까지 썼다는 사실이 드러나자, 1969년 10월 15일에는 반전 시위에 수백만 명이 참여했다. 1970년 5월, 켄트주립대 안에서 전쟁 반대 시위를 하던 대학생 네 명이 학내로 진입한 진압대의 발포에 목숨을 잃었다. 전쟁을 진행하던 미국의 대통령들은 점점 코너로 몰려갔다.

2. 인간 박정희

어려서 권력의 짜릿함을 알다

박정희(1917~1979)의 구미공립보통학교 시절. 그는 3학년에 급
장으로 뽑혔다. 통솔력이 탁월했으나 급우 가운데 맞아 보지 않
은 아이들이 드물었다. 뺨을 때려도 아주 세게 후려갈겼다. 키
가 큰 급우도, 장가를 든 나이 든 급우도 그의 매운 손맛을 보았
다.(급우 박승룡 회고) '급장'이라는 권력은 그의 손에, 심장에 짜릿
한 전율을 안겨 주었다. 학생의 눈으로 세상을 보았을 때 가장 높
은 건 교사였다. 교사가 된 박정희는 제자들에게 '무엇이든 지지
않는 사람이 되어라. 도움을 받아서라도 이겨라!'라고 강조했다.
교사 시절 칼 찬 군수나 서장, 교장에게 갈굼질을 당하기도 했다.
박정희는 칼을 갈았다. 문경서부공립심상소학교에서 3년간 의무

복무를 채우자마자 아이들에게 그들보다 더 높은 사람이 되겠다고 말하고, 만주로 떠났다.

그로부터 3~4년 뒤 여름에 일본 육사를 졸업하고 장교가 되어 문경에 나타난 박정희는 하숙집 방에 들어가자마자 문턱에 긴 칼을 꽂고 무릎을 꿇고 앉아서 길에서 만나 따라온 제자들에게 군수, 서장, 교장을 불러오라고 시켰다. 세 사람이 들어와 박정희 앞에서 '용서해 달라'며 무릎을 꿇었다.*

친일을 해야만 출세할 수 있다!

1939년, 박정희는 만주군관학교에 들어가길 원했지만 나이가 많아 불리했으므로, 그는 합격을 위해 일본인으로서 수치스럽지 않도록 개와 말처럼 충성을 다하겠다는 혈서를 썼다.

박정희(다카키 마사오)는 1940년 뜻한 바대로 만주국 육군군관학교에 들어갔다. 1942년 일본 육군사관학교에 편입학해서 1944년 졸업(57기), 7월에 열하성 주둔 만주국군 보병 제8단에 배속되었다. 박정희가 제8단에 배속되어있을 때 그곳에서 제일 극렬한

---

* 정윤현, 『실록 군인 박정희』, 개마고원, 2004, 78쪽.

'일본인으로서 수치스럽지 않도록 강한 정신과 기백으로 개와 말처럼 충성(견마지로)을 다할 결심'이라는 내용의 혈서를 박정희가 썼다고 보도한 《만주신문》 1939. 3. 31일 자 7면. 일본 국회도서관 소장

전투가 벌어졌다.' 박정희는 온종일 말 한마디 없는 과묵한 성격인데 '내일 조센징 토벌에 나간다!'는 명령이 떨어지면 갑자기 "요오시(좋아)! 토벌이다!"라고 벽력같이 고함을 쳐서 일본 생도들은 '저거 미친 놈 아냐?' 하며 쑥덕였다.**

---

* 〈PD수첩〉 2004.07.027. '친일파는 살아있다'

** 문명자, 「내가 본 박정희와 김대중」, 『월간 말』, 1999, 67쪽.

체포된 친일 조선인 박정희, 정일권과 함께 탈출하다

박정희는 만주 보병8단에서 1945년 일본이 패망할 때까지 근무했는데, 8·15 광복이 되자 소속이 없어진 박정희는 일본 육사 위탁 교육을 받은 친일 조선인이라는 이유로 소련군에게 체포되어 화물 기차로 이송되었다. 기차 안에서 만난 동갑내기 일본 육사 선배 정일권(일본 육사 55기. 졸업 이후 만주군 임관)과 함께 탈출을 계획하고 기차에서 뛰어내렸는데 정일권이 그만 다리를 다치고 말았다. 둘은 인근 산속으로 도망가다가 조선 애국의용대 김동석을 소개 받아 김동석의 도움으로 안전하게 국경선을 넘어 남으로 내려왔다.[***]

그렇게 힘들게 탈출에 성공한 박정희는 해방 정국의 대세가 조선공산당 쪽으로 기울어져 가는 것으로 보고(항일 목적으로 1925년 만들어진 조선공산당은 민족해방, 계급 해방을 위해 일제와 싸웠다. 해방 후 감옥에서 풀려나온 좌익 정치수의 숫자는 수만 명에 달했다. 이들을 기반으로 좌익이 대세를 장악해 가고 있었다.) 박정희는 얼른 공산당 편

[***] 이선호 주정연, 『김동석 이사람』, 아트컴, 2005, 163쪽. 이때 인연으로 후에 박정희가 대통령이 되자, 정일권은 총리가 되었으며, 김동석은 육군첩보부대 HID 파견대장을 지냈다. 5·16 후 천문학적 금액의 공작금을 유용한 부정 축재자 리스트에 올랐던 김동석은 박정희의 비호 아래 삼척군수, 강릉, 속초, 목포, 수원에서 시장을 지냈다.

에 붙었다. 1946년 조선경비사관학교 2기생으로 들어가 단기과정으로 12월에 졸업한 후, 1948년 육군본부 작전정보국에 근무하던 중 여수 순천 사건에 연루된 혐의를 받았다. 박정희는 남조선노동당 하부 조직책으로 11월 11일 체포되어 사형을 구형받았는데, 백선엽 앞에서 군부 내 공산당 세포 조직의 전모를 실토했고, 백선엽은 그를 구제해 주었다. 박정희는 다음해 1월 형 집행정지로 풀려나오면서 강제 예편되었다.[*]

박정희에게는 소속 조직을 바꾸는 것도, 배반하는 것도 누워서 떡먹기였다. 망설일 것도, 가책을 느낄 것도 없었다.

예비역이 되었던 박정희는 1950년 6월 6·25전쟁이 터지자 소령으로 복귀, 전쟁이 한창이던 그해 11월 전처와 이혼하고, 12월에 육영수와 결혼했다.

---

[*] 백선엽은 만주군 헌병 중위 출신이다. 1993년 일본에서 회고록 『간도특설대의 비밀』을 펴냈는데, 거기서 "한국인이 독립을 위해 싸우고 있던 한국인을 토벌한 것이기 때문에 이이제이(以夷制夷 오랑캐를 이용해 오랑캐를 무찌른다는 말)를 내세운 일본의 책략에 완전히 빠져든 형국이었다. '우리'가 전력을 다해 토벌했기 때문에 한국의 독립이 늦어졌던 것도 아닐 것이고, 우리가 배반하고 오히려 게릴라가 되어 싸웠더라면 독립이 빨라졌다고도 할 수 없을 것이다. 동포에게 총을 겨눈 것이 사실이었고 비판을 받더라도 어쩔 수 없다."라고 발뺌했다. 백선엽은 미국에게 가장 존경받는 한국 군인으로 꼽혔다.

미국 CIA 공작 성공물인 5·16 군사 쿠데타

미국 정보 외교문서는 통상 30년이 지나면 비밀 해제를 해서 공개하는 것이 관례이지만, 1961년 4월 12일부터 5월 15일까지 34일간의 문서는 비밀 해제를 막고 공개하지 않고 있다. 앨런 덜레스 CIA 국장은 1964년 BBC와의 인터뷰에서 "가장 성공적인 CIA 해외 비밀공작은 한국의 5·16이었다."고 말했다. 미국은 박정희의 전력 속에서 그가 '권력을 위한 완전한 기회주의자'라는 것을 알았다. 철저한 기회주의자야말로 미국의 수족 노릇을 잘할 수 있다는 것을 미국은 많은 해외 공작을 통해 파악하고 있었다. 미국은 젊고 패기 있는 기회주의자 박정희를 돕기로 했다. 그래야 반공 전선을 만들어 일본을 지킬 수 있고, 일본의 도움으로 미국이 아시아에서도 굳건한 자리를 지켜 경제적으로나 군사적으로 시장을 넓혀 세계를 제패할 수 있을 것이었다.

1961년 5·16 군사 쿠데타를 일으키고 실질적인 1인자가 되자, 과거 공산주의 전력에 대해 미국이 주목하고 있다는 것을 잘 알고 있던 박정희는 혁명공약 1호로 '반공이 국시'라고 천명했다. 곧바로 7월 3일 〈반공법〉을 선포하고 '평화통일'을 주요 논조로 하는 《민족일보》의 조용수 사장을 '무분별한 평화통일론을 주장하여 북한을 이롭게 했다'는 이유를 들어 〈반공법〉에 근거하여 사형(1961.10)에 처함으로써, 또 한 번 자신에게 묻어 있던 공산주의자 낙인을 지워 나갔다.* 미국의 예상과 기대에 부응하여 박정희는 그들 앞에 공산주의 그림자를 지우는 모습을 과시하며 확실한 충성심을 보여주었다.

일본인보다 더 일본인다운 박정희

박정희는 1961년 11월 국가재건최고회의 의장 자격으로 미국에 케네디를 만나러 가기 전 일본에 들러 마치 금의환향한 자식이 아버지를 만나듯 만주군관학교 시절 교장 나구모 신이치로(南雲親一郞) 중장을 만나 큰절을 하고 술을 따랐다. 나구모 산이치로는 "다카키 마사오 생도(박정희)는 태생은 조선인일지 몰라도 천황 폐하에 바치는 충성심은 일본인보다 훨씬 더 일본인다웠다."고 칭찬했다. 유창한 일본 말로 "강한 군대를 만드는 데에는 일본식 교육이 가장 좋다"며 기시 노부스케 등에게 "선배님들 우

---

* 2008년 1월 16일 서울중앙지법 형사합의22부의 재심 판결로, 조용수는 사후 47년 만에 무죄를 선고받았다.

리를 좀 도와주십시오. 형님으로 모실 테니 형 같은 기분으로 우리를 키워주시오"라고 말했던 박정희. 일본은 박정희에게 거액의 비자금 6,600만 달러를 대주고 경제적으로 다시 예속시킬 것을 궁리했다. 이어 미국으로 날아간 박정희는 케네디에게 베트남 파병 의사를 밝히는 등 자기에게 묻은 공산주의 그림자를 없애기 위해 거듭 공을 들였다.

부하 다루기

박정희는 부하를 다룸에 있어 거의 천재적 재능을 가지고 있었다. 부하 중 누군가의 권력이 강화된다 싶으면 다른 이를 중용하여 견제하고, 상호 경쟁과 감시 체계를 가동했다. 박정희가 약점이 있는 자에게 중책을 맡기고, 무리한 명령을 내리면 그는 그 자리를 유지하기 위해 수단 방법을 가리지 않고 그 일을 완수하기 위해 애를 썼다. 써먹을 만큼 써먹은 뒤에 여론이 나빠지면 박정희는 당사자를 순식간에 잘라 내어 폐기 처분했다.

박정희를 가장 긴장시킨 부하는 김종필이었다. 1965년 한일조약이 끝나고 얼마 뒤에 일본으로부터 친선방문단이 한국을 찾아

왔다. 그중에는 고다마 요시오(児玉譽士夫)*와 재일교포 실업가이며 일본 주먹계 두령의 하나인 정건영이 있었다. 그들이 경호실장 박종규에게 청을 넣어 중앙정보부장 김형욱, 국무총리 정일권, 박종규는 술자리를 마주하고 앉았다.

술이 얼큰하게 취한 고다마가 말했다.

"김형욱 부장님 만나 뵙고 깊은 인상을 받았습니다. 내 허심탄회하게 한 말씀 드리자면…."

"무슨 말씀이신지 기탄없이 하시지요."

"이상한 이야기가 들려서 말이지요. 내가 숙소에서 석정선, 김용태, 김종락 세 분을 만났는데 이 나라에는 김종필 씨가 있으니 박정희 대통령이 있을 수 있다는 겁니다. 앞으로 무얼 하더라도 실권자인 김종필과 손잡지 않으면 말짱 헛일이라는 겁니다. 앞으로 한국의 장래는 반드시 김종필 씨가 이끌게 될 것이라고 기염이 대단하더라고요. 그러면서 협력을 요청하더군요."

박종규는 다음 날 아침, 전날 있었던 대화를 박정희에게 보

---

* 1946년 연합군에 A급 전범 용의자로 체포되었다가 CIA에 협조하는 조건으로 석방된 후 일본 정치권 배후의 실력자로 군림했다. 박정희와도 만주 시절 인맥이 있어 한일국교정상화 때에도 적극적인 역할을 맡았다. 1984년 자신이 CIA공작원이었음을 고백한 뒤 사망했다.

고했다.

박정희는 벼락같이 김형욱을 호출했다. 실내는 숨을 쉬기 힘들 정도로 담배 연기가 자욱했다.

"각하 부르셨습니까?"

"김종필 측 녀석들이 고다마에게 못된 말을 하고 다닌다는데 김부장은 이 일을 알아, 몰라?"

"예에… 조금은 들었습니다만 워낙 술이 취해서….

"아무리 술이 취했다 하더라도 한 나라의 정보부장이 그런 말을 흘려듣는다는 게 말이 되나? 김 부장이 그렇게 술이 약했나?"

"한일회담 조인이 끝나고 해서 좀 긴장을 풀었더랬습니다만 고다마의 얘기를 그저 지나가는 말로 심각하게 듣질 못했습니다."

"이걸 갖고 가서 단단히 조사하시오. 그놈들을 당장 잡아서 두들겨 집어넣어!"

박정희는 녹음 테이프를 김형욱에게 던져주었다.

따라 나오는 박종규에게 김형욱이 물었다.

"아니 우리 술자리를 녹음했었단 말이오?"

"아니오. 어제 아침에 대통령께 보고를 드렸더니 노발대발하시더라고요. 김용태, 석정선, 김종락을 불러 같은 얘기를 다시 물어보라는 겁니다. 비밀리에 녹음해 오라고 하시더군요. 그래서 고다마에게 부탁해 엊저녁에 같은 자리를 만들라고 부탁했지요. 고다마의 연기가 일품입디다."

"그러니까 청와대에서 녹음을 원하는 걸 눈치채고 고다마가 어제 그들을 다시 만나 같은 대화를 하게 만들고 녹음을 해서 가져왔다고? 박실장은 보지도 않았을 텐데 고다마의 일품 연기를 어찌 아시오?"

"아이고, 그 녹음 테이프를 들어 보시지요."

김종필을 높이 평가했던 김용태, 석정선, 김종락은 즉시 연행되었다. 김형욱 정보부장도, 당 사무총장도, 이후락도 모두 김종필에게 등을 돌리고 박정희만을 쳐다보니 고립감을 느꼈던 김종필은 일본 자민당 세력을 업어 보겠다고 했다가 혼찌검이 났다.*

나, 정권 못 내놔

1967년 재선을 위한 선거 유세를 다닐 때였다. 부산에서 선거유세를 마치고 청와대로 돌아온 박정희는 보고를 마친 총리와 사무총장을 물리치고 김형욱을 불러세웠다.

---

* 김형욱, 앞의 『혁명과 우상』, 161쪽.

"정보부장 나 좀 볼까. 다른 볼 일은 없나?"

"예. 별로 긴한 일은 없습니다."

"그럼 나랑 저녁을 같이 하지."

박정희는 벨을 눌러 당번에게 두 사람의 식사를 주문했다. 박
정희는 다소 피로해 보였다. 담배연기를 천천히 깊게 뿜어내고
있었다. 식당으로 자리를 옮긴 박정희가 차려진 식탁을 보더니
당번에게 말했다.

"야, 술잔이 이거 가지고 되겠나? 곱부 가져와."

박정희는 큰 잔에 따끈한 정종을 따라 쭈욱 단숨에 비우고 빈
잔을 김형욱에게 내밀었다.

"한 잔 받게."

박정희는 이내 혀 꼬부라진 소리를 냈다.

"이봐, 형욱이!"

"예. 말씀 하십시오."

"나…. 정권 못 내놔. 절대로!"

"넷?"

"나 절대로 정권 못 내놓겠단 말이야. 임자, 알아서 해!"

"아… 네에…. 전 무슨 말씀이시라고. 하하…."

김형욱은 정신이 아찔해져 술 핑계를 대는 너털웃음을 토했다.

"이거 봐. 우리 통일해야 돼. 경제건설 해야 돼. 자주국방도 해야 돼. 나 아니면 할 작자가 없단 말이야. 엉! 경제건설… 자주국방… 통일… 자주국방… 경제건설… 통일… 경제건설… 통일… 자주국방…."

김형욱에게 재선 승리를 위해 어떠한 술수라도 쓰라는 압력이었다.*

3선 개헌을 하려면 총선(7대) 부정선거는 필수!

박정희는 1963년 제5대 대선과 1967년 제6대 대선에서 연거푸 승리했다. 그런데 그에게는 벌써부터 다른 생각이 자리 잡고 있었으니, 4년씩 두 번 하고 대통령자리를 내어 놓는다는 것은 말이 안된다는 것이었다. 목숨이 붙어 있는 한 1인자의 자리에 있어야 한다는 생각은 그의 뼈에 각인되어 있는 신념이었다. 대통령 임기를 4년 임기, 1회에 한해 연임'으로 못 박고 있는 헌법을 바꿔야 했다. 개헌을 위해 재적의원 2/3의 찬성을 얻으려면 당시 의석수 175석 (지역의원 131명+전국구, 44) 중에 117석 이상을 확보해야 했다.

---

* 김형욱, 앞의 『혁명과 우상』, 205쪽.

1967년 5월 대선에 성공하고, 박정희는 한 달 후인 6월 8일에 있을 제7대 총선을 위해 올인했다. 여당 국회의원을 위해서가 아니라 자기 자신의 3선을 위한 개헌을 이뤄내야 할 국회의원 선거였으므로 혼신의 힘을 다했다. 행정 시찰을 명목으로 지방 유세를 따라 다녔고, 온갖 달콤한 공약을 남발했다. 신민당이 중앙선거위원회에 고발했지만 사광욱 중앙선관위원장은 지원 유세가 법적으로 문제될 것이 없다며 박정희의 손을 들어주었다.

3선 개헌 선 확보 위해 2대 당선 직후부터 총선에 목을 맨 박정희가 만든 결과물 (출처: 위키백과 https://upload.wikimedia.org/wikipedia/commons/d/db/Republic_of_Korea_legislative_election_1967_districts_result.png, ⓒ막걸리 CC BY 4.0)

공무원 동원에 고무신, 막걸리, 현금살포에 대리투표, 빈대표, 올빼미표…. 온갖 부정의 결과로 박정희는 개헌 가능한 의석수를 확보하게 되었다. 부정선거를 규탄하며 전면무효를 선언하고 전면 재선거를 요구하는 야당과 학생들의 요구가 드세었지만 박정희는 휴교령, 조기방학으로 묵살해버렸다. 미국은 침묵을 지켰다.

3선 개헌의 구실은 북한도발

박정희의 두 번째 임기가 끝나갈 무렵인 1969년 1월 공화당의 사무총장, 당의장 서리 등은 현행 헌법의 미비점을 보완 개정하기 위한 문제가 신중히 여당 내에서 검토되고 있다는 발언을 슬슬 언론에 흘리기 시작했다. 그 이유로는 북한의 도발 위협 속에서 경제건설을 가속화하려면 정치적 안정이 중요하고, 그를 위해 박정희의 강력한 지도력이 필요하다는 것이었다.

김형욱이 간첩사건을 연달아 만들어 주무르고 있는 사이에 김성곤, 김진만, 길재호, 윤치영이 바람을 잡았고 청와대 비서실장 이후락이 3선 개헌의 공작을 총괄했다. 그러나 내심 차기 대통령을 꿈꾸던 김종필과 김종필계 국회의원 30여 명은 정구영 아래 뭉쳐 3선 개헌을 반대했다. 1969년 4월, 박정희의 지시대로 움직였던 권오병 문교장관의 해임 건의가 국회에서 가결되자, 박정희는 돌아버릴 만큼 격노했다.

"내가 쓰고 있는 권오병을 해임시켜? 1주일 안에 이번 사건을 주동한 반당분자를 철저히 규명해서 그 숫자가 몇십 명이 되더라도 가차 없이 처단해!"

결국 이 일로 공화당의 구주류 의원이었던 양순직, 예춘호, 박종태, 정태성, 김달수 의원이 제명되었다. 이어서 박정희를 만난 이병철이 얼마 전 일본에 있을 때 김종필에게서 3선 개헌 반대 이유를 설명 들었다고 고자질하자 박정희는 또 다시 이성을 잃었다. 정보부장 김형욱을 불러들였다.

"이봐 형욱이. 자네는 김종필의 동생이 이북에 가 있는 것 알아?"

"아뇨. 금시초문입니다."

"정보부장이 그걸 모를 리 있나! 김종필이를 조지라구. 그 자식 안 되겠어. 의리도 없고 인정도 없는 놈이야."

"각하… 그건…"

"각하고 뭐고 간에, 형욱이 자넨 왜 내가 김종필이를 잡으라고 해도 그냥저냥 뭉개고 있는 거야? 엉?"

"각하! 동생이 이북에 가 있다는 걸 가지고 지금 와서 종필이를 어떻게 잡습니까. 각하도 생각해 보십시오. 결국 김종필의 지원이 있어야만 개헌안이 국회를 통과할 수 있게 돼 있지 않습니까? 고정하시지요."

"그 자식이 말을 들어야 말이지!"

"제가 힘껏 설득해 보겠습니다."

"난 몰라. 부장이 알아서 해!"

김형욱은 김종필을 만나 설득하고 또 설득했다. 김종필이 타협안을 들고 나왔다. 일각에서는 박정희가 3선 임기를 마치면 권력을 김종필에게 넘겨줄 것이며 이것을 어기면 성을 갈겠다고 했다는 말이 들려오던 참이었다. 김종필은 김성곤 등이 임기를 6년이라고 떠들고 있는데 4년으로 줄이라고 제안했다. 김형욱은 그 타협안을 받아들이고 여론작업을 통해 4년으로 몰아갔다. 박정희가 이를 받아들이자 김종필은 드디어 국민들에게 입 밖으로 개헌 지지를 표명했다.

"3선 개헌하면 또 종신을 위해 헌법을 고칠 것을 우려하신다구요? 그런 일은 없을 겁니다. 3선 임기가 끝난 후에 그게 거짓말인지 진실인지 그때 가 보면 알지 않겠습니까? 물살이 심한데 달리는 말을 물속에서 갈아탈 수는 없는 일입니다."

박정희는 4년 전 총선에서 의석수를 충분히 확보한 덕에 1971년 4월 뜻대로 3선 개헌을 이루었다. 세 번째로 대통령에 당선되면서 그의 임기는 1975년까지 보장되었다. 그러나 박정희의 고민은 깊

---

* 김형욱 앞의 『혁명과 우상』 2편, 269쪽.

어졌다. 선거를 위해 경부고속도로를 속전속결로 건설하고 새마을 운동도 진행했지만 1970년부터 경제성장률이 떨어지기 시작했다. 김대중은 애송이라는 비아냥을 듣고도 45.3% 득표를 얻었다. 득표율에서 예상보다 큰 차이가 나지 않자 박정희는 가슴이 철렁했다.

세 번째 당선 며칠 뒤 박정희는 김종필을 불렀다. 창밖을 내다보며 한참을 말이 없던 박정희가 입을 열었다.

"이것봐. 내가 그래도 그동안 잠자고 있던 국민이 일어서서 일하게 하는 세상을 만들고 나라를 위해 열심히 기여했다고 생각을 하는데, 김대중이 뭘 했다고 95만 표밖에 차이가 안 나? 내가 이름이 나도 김대중보다 더 났고, 선거 비용을 써도 김대중보다 훨씬 더 많이 썼는데 말이야. 행정력은 또 얼마나 사용했나. 선거라는 게 민주주의를 위해 불가피한 것이긴 하지만 이게 큰일 날 수도 있어. 다음엔 김대중이 될지도 몰라. 선거를 하다 보면 앞날을 제대로 내다보고 건전하게 나라를 열어 갈 위인이 아닌 엉뚱한 사람이 뽑힐 수 있어. 그럴 때 조국 근대화라는 혁명 과업에 지장이 생길 수 있네. 그러니 내 좀 특수한 것을 생각하지 않을 수 없어.'"

---

* 《중앙일보》2015.06.29, 'JP 소이부답笑而不答.'

박정희는 세 번째 임기를 시작하면서, 또 다시 영구집권을 계획하기 시작했다.

'헌법을 다시 바꿀 거야. 직접선거는 위험해. 단일후보를 내세워 간접선거를 해야 해. 나의 임기에 끝이 있어서는 안 되지!'

공화당 의원들, 중앙정보부에서 고문과 구타를 당하다

박정희는 1971년 4월의 세 번째 대선에서 당선은 되었지만 김대중의 거센 도전 때문에 큰 충격을 받았다. 게다가 5월의 국회의원 선거에서는 야당인 신민당이 의석을 크게 늘리며 개헌 저지선을 확보하자 연달아 큰 충격을 받았다. 개헌으로 네 번째 임기에 도전하는 길이 완전히 막혀 버린 것이다. 이제는 다른 방법을 궁리해야 했다. 그는 집권세력 안에서도 2인자를 용납하지 않았지만, 정권을 내어놓는다는 것 역시 꿈에도 생각하고 싶지 않았다. 권력을 내놓는다는 것은 그에게 죽음을 뜻하는 것이었으니까.

1971년 당시 공화당에는 실세 4인방이 있었다. 김성곤, 백남억, 길재호, 김진만을 주축으로 한 실세들은 1975년 박정희가 3기 대통령을 마치고 물러나는 것을 전제로 자기 사람들을 지방에 심는 데 분주했다. 박정희는 김종필 계의 내무장관 오치성을 내세워 4인방이 심어놓은 사람들을 제거했다. 이에 화가 난 김성곤은 야당이 실미도사건을 들어 치안 문제 등을 이유로 내무장관 오치성의 해임건의안을 내자 이에 동조하여 오치성 해임건의안을 통과시켰다. 박정희의 분노는 하늘로 치솟았다. '아니 이것들이 내 수족을 잘라?'

박정희의 지시대로 이후락 정보부장은 23명의 공화당 의원들(길재호, 김성곤, 김진만, 백남억, 김재순, 김청근, 강성원, 육인수 등)을 남산으로 끌고 가 반죽음이 되도록 두들겨 패고 국회의원 배지를 떼어 버렸다. 김성곤은 카이저 수염을 반쯤 뜯기고 4년 뒤에 사망. 5·16 혁명동지인 길재호는 평생을 지팡이에 의지하는 신세가 되었다. 박정희는 아내 육영수의 오빠 육인수도 봐주지 않았다. 삼선개헌 때에는 김종필 계를 제거하려고 4인방을 이용했고, 자기에게 항명한 4인방을 제거하기 위해서는 김종필 계를 이용했다. 박정희 사전에 '항명'은 존재할 수 없었다.

유신개헌, 여전히 고문 당하고 투옥 당하는 국회의원들

박정희는 세 번째 대선을 치르고 나서 누워서 헤엄치기 식의 권력 유지 방법을 궁리했다. 직접선거는 그의 피를 말렸기 때문이다. 곧바로 〈유신헌법〉을 구상했다. 1975년까지 임기가 보장되어 있지만 개헌을 하려면 당선되자마자 서슬이 퍼럴 때 해치우는 게 좋았다. 여당의석이 개헌의석 수보다 적으니 국회를 이용할 수 없었다. 핑계는 공산주의다! 그는 우선 1971년 국가보위에 관한 특별조치법을 제정했다. 1972년 10월 비상조치를 선포하고 유신헌법은 통일을 위한 헌법이니 이에 반대하는 것은 남북통일을 반대하는 것이라고 엄포를 놓았다.

"유신 체제는 공산 침략자들로부터 우리의 자유를 지키자는 체제입니다. 큰 자유를 지키기 위해서는 적은 자유는 일시적으로 희생할 줄도 알고 또는 절제할 줄도 아는 슬기를 가져야만 우리는 보다 큰 자유를 빼앗기지 않을 것입니다…. 우리를 노리고 있는 침략자들은… 공산주의자들에게 그렇게도 많은 도전을 받아왔고… 북한 공산주의자들의 대남 적화야욕은 변하지 않았습니다. 우리는 이 엄연한 사실을 분명히 알고 있어야 합니다.'"

군대를 동원해서 국회를 강제 해산하고, 유신헌법에 반대하는 13명의 야당의원들(강근호, 김경인, 김녹영,김상현, 김한수,나석호, 류

---

* 박정희와 전두환의 통치 기간에 100건에 가까운 간첩사건이 조작되었다. 피해자들은 수십 년이 지난 뒤 재심을 통해 모두 무죄를 선고받았다.

갑종, 박종률, 이세규, 이종남, 조연하, 조윤형, 최형우)을 보안사에 끌고 가 감금한 뒤 알몸 구타, 거꾸로 매달아 구타하기, 물고문 등으로 고문했다. 모든 정당 활동을 중지시키고 그 기능은 비상국무회의 가 수행하겠다고 했다. 비상국무회의가 새 헌법인 유신헌법안을 국민투표에 붙이고 그 해 연말 이전에 헌정 질서를 정상화시키겠 다고 했다. 그는 다음날인 10월 18일 계엄 포고를 발표했다. 포고 문 뒤에는 이렇게 못을 박아두었다.

"… 이 포고를 위반한 자는 영장 없이 수색, 구속한다!!!"

유신헌법의 골자는 대통령직선제의 폐지, 대통령이 국회 해산 권과 법관 임명권을 갖도록 한다는 것, 임기를 6년으로 연장하고 연임 제한을 철폐하여 종신 집권을 가능하게 하는 것이었다. 박 정희는 완전한 1인 지배 왕국을 만들어 가고 있었다. 박정희의 요구를 반영하여 신직수 법무장관, 김기춘 검사가 대강의 얼개를 담당했다. 53조에는 긴급조치 발동권을 넣어 '헌법상의 국민의 자유와 권리를 잠정적으로 정지'할 수 있는 권력을 명문화했다. 유신헌법에 저항하는 대학생, 지식인, 정치인들은 모두 긴급조 치로 영장 없이 구속되었다. 유신헌법에 따라 1972년 12월 박정 희는 단일후보로 나와 100% 투표율에 100% 득표를 했다. 6년 임 기. 간접선거로 무제한 연임이라…. 박정희는 비로소 만족했다.

김영삼, 김대중 살해 실패

김영삼과 김대중은 떠오르는 40대 기수로 이목을 집중시켰다. 그대로 두면 계속 시끄러울 것이었다. 특히 김대중은 여러 모로 위협적인 인물이었다. 성가신 인물들? 없애면 되지! 박정희의 지시대로 김형욱은 질산 테러 사건으로 박정희의 정적 김영삼을 없애려고 시도했으나 실패했다. 유신헌법으로 대통령이 된 지 8개월 뒤인 1973년 8월, 이후락은 박정희 지시대로 김대중을 죽이기 위해 그를 납치, 배에 태워 현해탄 바다 한가운데로 나아갔다. 이철희가 김대중을 살해의 실무를 맡았다.* 1968년 실미도 부대조직을 담당하기도 했던 그 이철희. 나중에 아내인 장영자와 함께 희대의 사기극을 펼쳤던 그 이철희다. 그러나 김대중에게 빚을 지고 있다고 생각했던 미국의 방해로 박정희는 뜻을 이루지 못했다.

박정희는 합리적인 충성을 싫어했다. 절대 충성이어야 했다. 자기 지시대로 움직이던 부하가 여론의 질타를 받게 되면 가차 없이 잘라 버렸다. 그의 재떨이 던지기는 소문난 장기였다. 육영

---

* 육사 2기생인 이철희는 일제강점기 때 정보장교를 양성하던 나까노 정보학교를 졸업한 군사정보 및 첩보 전문가였기에 김형욱이 해외공작 담당으로 채용하였다.

수에게도 예외가 아니었다.* 박정희는 자기 이외의 사람에게 권력이 집중되는 꼴을 절대로 보지 못했다. 이쪽을 치기 위해 저쪽을 이용하고 저쪽을 치기 위해 이쪽을 이용했다. 반공은 국내외로 그의 가장 큰 무기였고, 공산주의라면 모두 지옥으로 보내야 하는 존재인 것처럼 국민을 길들였다.

김형욱 살해 성공 - 20일 뒤에 이어진 박정희의 사망

1969년 10월. 삼선개헌안이 국민투표에서 통과되고 박정희는 김형욱을 해임했다. 6년 3개월 동안 중앙정보부장 직에 앉아 있었으니 충직한 부하들을 많이 거느리고 있을 것이었다. 박정희의 장기집권을 위해 김형욱은 수단과 방법을 가리지 않고 수많은 정치공작을 벌이며 충성을 다해왔지만 막강한 조직을 손에 쥐고 있

---

* 육영수에게 바람피는 현장을 들킨 박정희는 재떨이를 날려 육영수의 이마를 찢어 놓았다. 주위에서는 이것을 '육박전'이라 불렀다 .정부는 1974년 북한의 사주를 받은 재일교포 문세광의 총탄에 육영수가 사망했다고 발표했지만 문세광이 쏜 네 발의 총알은 모두 엉뚱한 곳에서 발견되었다. 육영수의 머리를 관통한 누군가가 쏜 총알은 '관계자들이 분실'했다고 한다. 육영수 사후 박정희는 누구의 눈치도 보지 않고 엽색 행각을 벌일 수 있었다. 육영수의 자리는 큰딸이 맡으면 되었다. 후에 최태민이 박근혜 주변을 얼쩡거렸고 중앙정보부장 김재규가 둘 사이의 난잡한 관계를 보고했지만 박정희는 심드렁했다. 최태민은 박근혜를 '아시아의 지도자', '여성 대통령'으로 만들어 주겠다고 장담했다고 한다.

으면 장차 무슨 화근이 될지 몰랐다.

김형욱은 토사구팽 이후인 1973년 4월 대만으로 출국한 뒤 미국으로 건너갔다. 조지 맥거번 상원의원이 '한국의 유신헌법 국민투표는 사기극이며 박정희는 북한의 위협을 국내 정치 억압에 악용하고 박정희 개인권력 강화에 주력하고 있다'는 발언을 한데 이어 다음 달인 1976년 10월 〈워싱턴포스트〉에 대한민국 로비스트 박동선의 뇌물 제공 사건이 터지자(박정희가 중앙정보부를 시켜 미국 정치가들을 돈으로 매수해 왔음이 폭로된 '코리아게이트') 이재현의 망명에 이어 김상근, 손호영, 이영인 등 중정요원들의 망명이 러시를 이루었다. 김형욱은 1977년 6월 미하원의 프레이저 청문회에 출석, 국민과 역사 앞에 배신자가 될 수는 없다며 유신정권의 비밀스러운 사건을 마구 폭로해댔다.

김형욱이 7월 프레이저 청문회에서 2차 증언을 마치자 박정희는 분노와 배신감으로 치를 떨었다. 박정희는 사람을 시켜 김형욱을 귀국시키려 했으나 귀국 후의 상황을 꿰뚫어본 김형욱은 귀국을 거부했다. 1979년 10월 파리로 건너간 김형욱은 파리 근교(행방에 대해서는 여러가지 설이 있다)에서 실종되었다. 당시 중정 부장이었던 김재규도 모르는 중정의 특수요원에 의해 살해되었다고 전해진다. 그러나 같은 달 10월 26일 박정희도 부하 김재규의 총에 맞아 사망한다. 김재규는 사건 며칠 전 로버트 부루스터 CIA 한국지부장을 면담했고 사건 당일 오후 2시 주한미국대사 글라이스틴을 만났다. 그 부분에 관한 미국의 외교문서는 비밀 해제 기간이 지났음에도 여전히 비공개로 묶여 있다.

박정희의 치부를 낱낱이 해부한 〈프레이저 보고서〉

1976년 10월 박정희가 미 의회에 영향을 미치기 위해 엄청난 규모로 의원들을 매수하거나 협박하는 공작을 벌이고 있다는 사실이 폭로되면서 코리아게이트가 터지자 미국 하원 국제관계위원회는 국제기구소위원회(소위 '프레이저 위원회')를 통해 미국과 한국과의 관계를 조사해서 국회에 보고하도록 했다. 프레이저 소위원회는 김형욱의 폭로를 바탕으로 2년간 수천 건의 증언, 인터뷰, 관계서류들을 조사한 결과문인 〈프레이저 보고서〉를 1978년 10월 미 의회에 제출했다. 〈프레이저 보고서〉는 1945년에서 1978년까지 미국과 대한민국의 관계를 공식적으로 조사 평가했다. 정리해 보면 이렇다.

미국은 아시아태평양에서의 확고한 지배권이 지속되기를 희망했으며 그를 위해 일본의 안정을 필요로 했고, 일본의 안정을 위해서는 분단된 한반도의 남쪽에 친미반공정부가 계속 확고한 완충지대, 완충장치로 남아야 한다고 생각했다. 미국은 대한민국의 친미반공정부가 제대로 구실을 하기 위해서는 경제를 발전시켜야 한다고 생각하고 1966년 PL480(Public Law480 평화를 위한 식량법)을 통해 남아돌아 처치 곤란한 대량의 미국 곡물을 한국에 무상, 유무상 혼합, 완전 유상의 방법으로 보내어 봄의 굶주림에서 벗어날 수 있도록 했다. 한국의 경제적 발전은 미국을 재정적 부담으로부터 자유롭게 할 것이었다. 그러나 박정희는 부정과 조작으로 대통령 선거를 치르거나 차관을 들여오며, 수출입에 대한 직간접 통제 또는 기업 대출금의 20%를 상납 받아 착복하는 방식으로 자금을 축적해 나갔고, 이렇게 모은 돈은 이후락을 통해 스위스 계좌에 예치하고 관리하도록 했다.

1971년 박정희와 공화당은 뇌물, 강탈, 부패 문제를 덮기 위해 3 선개헌을 감행했고 광범위한 협박과 부정, 매수와 협잡으로 승리했는데, 그 자금들의 일부를 미국 기업들이 제공했고 미 행정부는 이를 방치했다. 따라서 김대중의 승리가 강탈당한 것에는 미 행정부도 책임이 있다.(이후 미국은 김대중을 우호적 감정으로 대했다.) '면세 지위를 악용하여 탈세를 하고 '앵벌이'로 돈을 번 문

선명의 통일교를 한국은 중앙정보부의 하부 조직처럼 활용했는데 '권력을 유지하기 위해서는 무슨 일이든 서슴지 않는 박정희 정부'가 통일교를 이용하여 북한을 선제공격할 수도 있다는 점은 지극히 우려할 만한 일이다."

엄청난 분량의 〈프레이저 보고서〉는 박정희의 치부를 낱낱이 까발렸다. 13년 전 대통령 전용기를 보내어 초청을 해서 화려한 카퍼레이드 따위를 박정희에게 맛보여 주었던 미국은 이제 더 이상 한여름 밤의 꿈에도 상상할 수 없게 되었다.

수시로 군을 동원하고 재임 기간의 거의 절반을 위수령, 계엄령, 긴급조치로 국민을 옥박질렀던 박정희. 유신헌법을 통해 입법, 사법, 행정을 다 거머쥐었던 박정희. 그는 수단과 방법을 가리지 않고 법 위에 군림하는 반신반인(半神半人)의 형상을 갖고 싶어 했던, 오만한 독재자라는 것이 만천하에 드러났다. 1978년 말. 〈프레이저 보고서〉가 나오고 나서 미국은 이제는 박정희에 대한 기대를 버려야 할 때라고 판단하게 되었다.

---

* 미하원 국제관계위원회 국제기구소위원회 지음, 김병년 옮김, 『프레이저 보고서』, 레드북 다비출판사, 2019.

친일 세력의 천국이 된 남쪽 해방정국에서 육사 탄생

1979년 10월 26일 박정희가 살해되자마자 정치 전면에 나선 것은 군 내부에 박정희가 심어놓은 사조직인 하나회였다. 하나회는 어떻게 생겨났을까?

해방 후 친일 인사를 모두 처벌한 북과는 달리 남쪽의 미군정과 이승만은 경찰이나 군인이나 모두 친일인사들을 그대로 데려다가 주요 직책을 맡겼다. 항일투쟁을 했던 사람들은 대부분 좌파였고 외세를 등에 업은 이승만을 반기지 않았으므로, 모두 미군정과 이승만의 탄압의 대상이 되었다. 일제강점기 고문경찰로 악명 높았던 경찰 노덕술이 해방 후 수도경찰청 수사과장이 되었다가 육군범죄수사대 대장이 된 것도 이승만이 친일파들에게 의지했기 때문이다. 노덕술은 일제강점기에도 훈장을 받았고 이승만 정부에서도 훈장을 받았다. 군인들도 역시 마찬가지. 만주에서 항일독립투사들을 토벌하던 백선엽 따위의 일본 앞잡이 군인들이 해방 후에도 군 고위직을 줄줄이 꿰고 앉았다.

1945년 12월 미국은 군사적으로 소통이 필요하다는 판단에 따라 군사영어학교를 만들었다. 그것이 토대가 되어 이후 1951년,

전쟁 중에 4년제 군인장교교육기관인 육군사관학교가 진해에 세워졌다. 초기에는 그들을 육사 1기라 했지만 전쟁에 참여했던 군사학교 단기 졸업생들을 모두 육사생에 포함시키기로 해서(박정희는 육사2기, 김종필은 육사8기가 된다) 4년제 1기생이 육사11기로 기칭을 바꾸게 되었다. 전쟁 때 전투를 피해 공부만 했다고 화초니 뭐니 조롱을 받기도 했지만 4년제 육사 첫 회 졸업생인 11기는 자부심이 대단했다. 미국은 한국의 장교들을 모두 미국 네바다 주 군사훈련소에서 6개월에서 1년간 특별 군사훈련을 시키고 미국식 군사 지휘 체계에 익숙해지도록 했다.

눈치 빠른 전두환, 쿠데타 지지하고 '측근'이 되다

1961년 5월 16일 박정희 소장이 쿠데타를 일으키자 육사에서 성적이 상위권이었던 '청죽회' 회원들은 쿠데타지지 시위대 조직 요청을 거절했지만, 공부는 못해도 기회 포착에 빠른 전두환 등은 오치성과 차지철의 요구에 따라 재빨리 육사생들의 동조 시위를 이끌어 내었다. 육사생 쿠데타 지지 시가행진을 마친 뒤 전두환은 '측근'이 되어 국가재건최고회의의 민원비서실에 들어갔다. 단기육사 출신들은 이제 더 이상 육사 11기를 '전쟁도 피해간 온

실 화초'라며 함부로 대할 수 없게 되었다.

쿠데타를 일으켜 스스로 국가재건최고회의 의장이 된 박정희는 육사 11기생 156명 중에서 대구 경북의 동향 출신들을 골라 최고회의와 중앙정보부의 실무진에 꽂아놓았다. 명령 한마디에 토 달지 않고 수족처럼 움직이는 부하들만큼 권력 유지에 쓸모 있는 게 어디 있을까. 육사생도 때부터 별을 꿈꾸며 '오성회(五星會)'를 조직해 뭉쳤던 영남 출신 전두환, 노태우, 김복동, 최성택 등은 준비된 박정희의 수족이었다.

오성회는 하나회가 되어 진급, 내사권 장악

전두환, 노태우, 최성택, 김복동, 박병하의 오성회에 정호용, 권익현 등이 합류, 5·16쿠데타 2년 후인 1963년에 하나회로 이름을 바꾸었다. 육사 기수별로 주로 경상도 출신을 뽑아 '형님, 아우' 하며 친목을 다졌다. 국가와 국민을 위한 군인들이 아니라 박정희의 친위세력으로 그를 지키며 그 덕에 출세와 권력을 잡기 위한 군인들의 사조직이었다. 그들의 관심은 오직 진급, 오직 보직이었다. 5·16직후 최고회의민원비서실과 중앙정보부 인사과장을 거친 전두환 소령은 군내 영향력을 확보하는 데 황금열쇠가

진급인사권이라는 사실을 파악하고 하나회에서 맨 먼저 육군본부 진급과에 입성했다.

'60년대 중반, 하나회는 육군본부의 인사참모부 진급과와 보안부대 보안처 내사과를 완전 장악했다. 육군참모총장, 수도방위사령관, 보안사령관 등 요직을 독식하는 것은 누워서 떡 먹기였다. 육사12기의 박세직, 박준병이 뒤늦게 하나회에 가입한 것은 하나회가 아니고서는 진급을 제대로 할 수 없겠다고 판단했기 때문이었다. (주: 군 정치장교와 폭탄주. 김재홍. 동아일보사. 1994. 281~287쪽) 그들은 박정희 1인에게만 충성하면 되었다. 결국 전두환은 박정희가 죽은 뒤 요직 중의 요직인 대통령직을 꿰어 찼다. 정치군인들이 지키고자 한 것은 '국가'가 아니라 '요직'이었던 것이다.

하나회에 가입하려면 오른손을 어깨 높이로 들고 엄숙하게 아래와 같은 선서문을 낭독해야 했다.

- 국가와 민족을 위해 신명을 바친다.
- 하나회의 선후배 동료들에 의해 합의된 명령에 복종한다.
- 하나회원 상호간에 경쟁하지 않는다.
- 이상의 서약을 위반할 시는 '인격 말살'을 감수한다.

전두환이 12.12 군사반란 후 체육관 선거를 통해 대통령으로 선출되던 1980년 8월 27일, 위컴 주한미군사령관은 AP통신과 회견하며 이렇게 말했다. 5.18 민주항쟁 석 달 후였다.

"박정희 피살 이후 가장 성공적인 미국의 한국 정책 가운데 하나는 전두환 정권의 수립이다. 우리의 노력은 결코 헛되지 않았고 그 보람도 크다."[*]

박정희와 쌍둥이 같은 정신세계를 지녔던 차지철

박정희를 이해하는 지름길은 차지철(1934-1979)을 이해하는 것이고 차지철을 이해하는 지름길은 동료였던 이철과의 관계를 들여다보는 것이다.

1959년 초봄. 샌프란시스코 군용공항 트레비스. 산뜻한 카키색 한국군 정복을 한 젊은 두 장교가 입국수속을 밟았다. 육사 11기 출신의 이철 대위와 포병 간부후보생 출신 차지철 대위는 할당된 독신 장교숙소(B.O.Q)로 가야 했다. 이철 대위는 입국수속

---

[*] 〈민플러스〉 2019.05.15.

을 밟고 짐을 찾은 뒤 숙소가 걷기에는 다소 멀었기 때문에 택시를 타기로 했다. 목적지가 같으니 차지철과 함께 가면 될 것인데 차지철이 보이지 않았다.

"할 수 없지. 혼자 출발하는 수밖에"

택시를 타고 가던 이 철 대위는 잠시 후, 앞에서 커다란 가방 두 개를 들고 가는 차지철을 보았다.

이 철 대위는 차를 세우고 창문을 내렸다.

"어이, 차지철. 함께 타고 가자."

"필요 없어. 당신이나 혼자 타고 가."

"아니 그 무거운 걸 둘씩이나 들고 어떻게 숙소까지 가려고 하나. 잔말 말고 얼른 타라니까."

"싫다니까 그래. 당신 혼자 가라고!"

차지철은 막무가내였다.

"차 대위! 이 새끼야. 타라면 탈 것이지 무슨 말이 그렇게 많아!"

"뭐? 이 새끼?"

"그래, 이 새끼라 했다. 한국 장교복 입고 그렇게 낑낑 매고 짐 들고 가는 게 보기 좋겠냐? 망신 그만 시키고 따질 것 있으면 일단 차에 타서 따지라구!"

차지철은 못마땅했지만 길에서 실랑이 할 수 없어 얼굴을 잔뜩 찌푸린 채로 택시에 올랐다. 택시 안에서 거친 숨만 내쉴 뿐 아무 말이 없던 차지철은 숙소에 도착해 지정된 방에 짐을 푼 뒤 이철의 방을 노크했다.

"이철! 네가 뭔데 감히 내게 이새끼 저새끼 해? 건방진 놈 같으니라고~."

"야, 대한민국 장교가 정복 입은 채로 푼돈 아끼려고 가방을 둘씩이나 들고 낑낑거리고 걸어가면 나라 망신 아니냐?"

"이철! 잘 들어. 난 너보다 먼저 대위 계급을 단 사람이야. 내가 너보다 선임이라고!"

그러나 이철은 차지철의 말에 동의할 수 없었다. 차지철은 육사에 떨어지고 6개월 간부 후보생 과정을 거쳐 소위로 임관했다. 4년의 생도교육을 마치고 임관되었던 이철이 꿀릴 일은 없었다.

둘은 저녁을 먹고 뒤뜰에서 만나기로 했다. 차지철이 이단 옆차기로 공격을 시작했으나 이철의 주먹에 차지철은 벌렁 나가떨어졌다. 싸움은 싱겁게 끝났다.

다음날, 두 사람은 비행기를 타고 오클라호마 주의 포병학교로 옮겼다. 앞으로 6개월간 기숙할 숙소인데 미군 행정장교는 나름대로 친절을 베풀어 이철에게는 106호를, 차지철에게는 107호를 배정해 주었다.

그날 밤 11시 잠결에 이상한 소리가 들려 이철 대위는 잠에서 깨어났다. 옆방의 차지철이 이철을 향해 두꺼운 시멘트 벽을 치는 소리였다. 차지철이 손에 붕대를 감고 쿵 쿵 쿵 쿵 벽을 치는 소리는 30분이나 계속되었다.

"정말 재수 없는 새끼네. 더러운 놈하고 유학을 하게 되었구면."

이철 대위는 한숨을 가볍게 내쉬며 다시 잠이 들었다.

'쿵쿵쿵쿵….'

새벽 5시 이철 대위는 다시 잠이 깨고 말았다. 이 소리는 한 달간 계속되었다. 이철은 소름이 끼쳤다. 한 달을 견디다가 이철은 차지철의 방을 노크했다.

"후 이즈 잇(누구요)?"

"이 대위다."

"무슨 일이야?"

"네게 할 말이 있다."

방문을 여는 차지철은 트레이닝 복장에 양쪽 손에는 붕대를 감고 있었다.

"차지철! 네가 나한테 복수한다고 아침저녁으로 펀치 연습 하는 모양인데, 얼마나 강해졌는지 시험 한 번 해 보자고 왔다."

"좋다. 얻어맞고 싶다면 한 대 쳐주마."

차지철은 붕대를 감은 주먹으로 이철의 복부를 강타했다. 이철은 미동도 하지 않았다.

"한 달간 연습한 펀치가 겨우 이 정도냐?"

이번에는 이철의 주먹이 차지철의 복부를 가격했다. 차지철은 숨도 쉬지 못하고 배를 움켜쥔 채로 얼굴을 마룻바닥에 처박았다.

"차지철, 이 젖비린내 나는 놈아! 나한테 덤비고 싶냐? 느그 어매 젖 좀 더 묵고 와서 까불어라!"

"…."

"차지철! 앞으로 또 벽 치는 소리가 날 때는 네 손모가지를 확실히 부러뜨려 놓을 것이다. 알겠나?"

그날 이후 벽 치는 소리는 중단되었다. 그러나 차지철은 가슴속에 더욱 날카로운 비수를 갈았다. 그로부터 2년 후인 1961년, 그는 516 쿠데타를 일으킨 박정희를 만나 경호실 차장이 되고 다시 2년 후인 1963년에는 국회의원이 되었다. 국방위에 들어간 다음해인 1964년 차지철은 국정감사에 이철이 속해 있는 육군8사단장을 불렀다.

"사단장님!"

"예. 말씀하십시오."

"8사단에 육사 11기생 이철 소령 있지요?"

"예. 포사령부 S-3로 근무하고 있습니다."

"그 사람, 내가 8사단에 한 번 찾아갈 테니 내게 데려 오시오."

"예. 알겠습니다."

차지철은 며칠 후 8사단을 찾았다. 사단장은 사단사령부로 이철 소령을 불렀다.

"사단장님! 부르셨습니까?"

이철은 꼿꼿한 자세로 사단장에게 거수경례를 했다.

"이 소령! 차 의원님께 인사드리시오."

"차 의원님 오랜만입니다."

"이 소령, 당신 전방에서 고생이 많지?"

"아닙니다."

"이 소령, 당신은 뭐가 그리 잘나서 나한테 한 번도 인사하러 오지 않는 거요?"

"죄송합니다."

"시간 내서 한 번 찾아오시오.'"

---

* 장석윤, 『탱크와 피아노』, 행림출판, 1994, 63쪽. 저자 장석윤은 육사 11기로 전두환과 동기다. 하나회 등 육사 11기 정치군인들의 전횡을 참고 보다가 그렇지 않은 군인들도 있었다는 걸 밝히고 싶어 이 책을 썼다고 한다.

곧 바로 일어나 돌아선 차지철의 가슴속 수많은 응어리 중의 하나가 풀어지는 순간이었다.

이철 소령은 끝내 용서를 빌거나 지도편달을 애걸하지 않았다. 그는 그 유명한 육사 11기생임에도 불구하고* 대령으로 군대생활을 마쳤다.

차지철은 육사 12기 시험에 불합격, 이후에 간부 후보생으로 속성으로 소위를 달았다. 그래서 육사 11기 이철보다 소위를 일찍 달았지만 기본이 탄탄한 이철 대위에게 항상 콤플렉스를 가졌고, 그를 꺾고 싶어 했다. 이철이 '어머니 젖 좀 더 먹고오라'고 어머니 얘기를 꺼내니 자기의 말 못할 쓰린 과거를 혹시라도 아나 싶어 복부의 끊어질 듯한 통증에 더해 가슴까지 철렁했다.

경기도 이천에서 주막집 주모를 하던 차지철의 어머니는 '지'씨 성을 가진 딸 셋을 낳은 뒤 인근마을 차씨와 살며 차지철을 낳았다. 어려서 아버지 얼굴도 제대로 보지 못했고 이복형제들로부터 모멸과 냉대를 받으며 자랐다.

---

* 4년제 정규 육군사관학교 1기이기도 한 육사11기에는 전두환, 노태우, 정호용 등 하나회 우두머리들이 포진해 있었다.

출생, 성장과정, 육사 낙방은 그의 열등감을 키웠고 병적이라 할 만큼 카리스마에 집착하게 했다. 그는 5·16 후 만 27세의 장교로 박정희 경호장교가 되었다. 박정희 덕으로 2년 뒤인 1963년에 국회의원이 되는데 그 해에 국민대학에 입학해 1년 만에 학사를 따고, 1964년에 석사, 1965년에 박사를 딴다.(대학 문턱을 넘은 지 3년 만에 박사가 된 것) 1974년 문세광의 저격 사건으로 박종규 경호실장이 물러나고 4선 국회의원을 지낸 차지철이 후임 경호실장이 되었다. 경호실장 차지철은 모든 대통령 결재서류를 자기에게 먼저 갖다놓도록 요구했다. 매주 토요일 경복궁 경내 수경사 연병장에서 경호실 국기하강식을 열면서 장차관과 국회의장까지 불러 국가의 2인자 노릇을 했다. 대통령경호위원회를 만들어 자신이 위원장이 되고 위원에 국무총리, 국방, 법무, 내무장관을 위원으로 배치하기도 했다. 김종필이 문제를 제기했으나 박정희는 대수롭지 않게 흘려버렸다. 호가호위(狐假虎威), 호랑이 그림자를 제 그림자 삼아 권력이라는 마약에 취했던 여우같았던 차지철. 박정희 호랑이 역시 새끼 호랑이를 옆에 두고 키우다가 뒤통수 맞는 것보다는 호랑이 그림자를 사랑하는 교활한 여우를 옆에 두는 것이 더 낫다고 생각했다. 다른 마음은 절대로 품지 못 할 터이니까.

김재규가 부마항쟁에 대해 보고하자 박정희는 '국민에게 직접 발포명령을 내리겠다.'고 했다. 차지철은 그 옆에서 '캄보디아도 3 백만 죽이고 까딱없었는데 우리도 데모 대원 100만~200만 정도 죽인다고 까딱 있겠냐'고 뒤를 받쳐주었다. 김재규는 박정희가 차지철의 제안에 따라 마음먹은 대로 실행할 사람이라는 것을 알았다. 병적인 권력욕이 애국심을 넘어선 것은 한참 오래된 일이었으므로. 박정희와 차지철은 여러 모로 쌍둥이처럼 닮았다. 손 안의 권력을 과시하면서 희열을 만끽하는 것을 인생 최고의 목표로 생각하는 사람들. '나는 항상 꼭대기, 군림하는 자리에 있어야 한다'는 유치한 정신세계를 가진 두 남자는 서로에 기대 가며 총에 맞기 전까지 그렇게 1979년까지 5년간 함께 청와대에 머물렀다.

강창성 전 보안사령관 증언을 들어보자. "1971년 9월, 박대통령이 불러 집무실에 들어갔더니 박대통령은 일본군 장교 복장을 하고 있더라. 가죽장화에 점퍼차림인데 말채찍을 들고 있었다. 그는 가끔 이런 복장을 즐겼는데 이런 모습을 하고 있을 때는 항상 기분이 좋은 것 같았다."*

전 일본인 외교관 오카키는 저서에 박정희 사망을 두고 '대일

---

* 《중앙일보》 1991.12.14.

실미도 사건이 터진 다음달인 1971년 9월 일본군 장교복장에 채찍을 들고
청와대안에서 말을 타는 박정희(사진: 당시 청와대 홍보비서관 김종신)

본제국 최후의 군인이 사망했다'라고 적었다. 박정희가 살아 있
는 동안, 나라의 모든 권력은 국민에게서 나오는 것이 아니라 박
정희 1인에게서 나왔다. 박정희에게 국민은 '도구'에 불과했다.

3. 이진삼, 북으로 쳐 올라가고,
김신조, 남으로 쳐 내려오다

6·25의 원인은 남쪽을 친일파들이 장악했기 때문

한국전쟁 당시 북한 사람들에게 중요했던 건 일본보다 철천지 원수였던, 일본을 위해 일했던 한국인 매국노를 정리하는 문제였다. 남쪽에서 친일 매국노들이 미군정, 이승만 정권을 통해 모두 살아나자 친일 매국노들을 모두 정리한 북은 전쟁을 통해 남한군 지휘부를 무너뜨려야겠다고 생각했다. 한국전쟁 중에 미국은 이런 사실을 거의 몰랐고, 알았을 때는 일본이 동맹국이었기에 중요하게 생각하지 않았다.

이승만 이후 수십 년 동안 남한의 정보기관은 김일성이 유명한 애국자의 이름을 훔친 소련의 꼭두각시이며 가짜라고 소문을 퍼뜨렸다. 이렇게 거짓으로 연막작전을 편 이유는 남쪽의 너무나 많은 지도자들이 일본을 섬긴 친일파였다는 슬픈 진실 때문이다. 브루스 커밍스는 제3자의 시각으로 한국전쟁은 섬뜩하리만큼 지저분했고, 그 최악의 범죄자는 미국의 생각과 달리 미국의 동맹국, 겉보기에 민주주의 체제를 유지한 동맹국 남한이었다고 말한다.* 남쪽에서는 '김일성이 사실은 진짜 항일 투사'라고 교정하는데 있어서는 중앙정보부장인 김형욱마저 겁을 먹고 조심을 해야 할 만큼 한국의 반공문화는 치명적인 괴물이 되어 갔다. 한국에서 용공, 종북, 친북, 빨갱이 등의 딱지는 천형(天刑)만큼 잔인한 저주였으며, 반대로 반공은 최고의 영웅 가면을 씌워주는 마법의 지팡이가 되었다.

6·25 이전, 북을 도발했던 남쪽의 군인들

미국 내부 자료에 의하면 한국전쟁이 터지기 전인 1949년 5월에서 12월 사이에 광범위하게 지속된 전투는 대체로 한국군이 시작한 것이었고 1950년에 남쪽에 국제연합 군사감시관을 파견한

---

* 브루스 커밍스, 조행복 옮김, 『브루스 커밍스의 한국전쟁-전쟁의 기억과 분단의 미래』, 현실문화, 2017. 22~32, 34쪽

주된 이유도 그 때문이었다.

1949년 5월 4일의 개성 전투는 남한이 시작한 것으로, 나흘 가량 전투가 계속되었으며 북한군 400명과 남한군 22명이 사망했다. 민간인 사망자도 100명이 넘었다. 남한 군대 중 2개 중대가 북한으로 귀순했는데 그들 말에 따르면 남쪽의 제1사단 사단장이었던 김석원이 이끄는 수천 명의 병력이 5월 5일 개성 송악산 인근에서 38선을 넘어 먼저 공격을 개시했다는 것이다. 김석원은 1930년대 말 만주에서 항일독립군활동을 하던 김일성을 일본의 명령에 따라 추격했던 '일본군' 출신으로 해방 후 육사 특임 8기로서 한국군에 복귀했다.

1949년 8월 4일 새벽부터 시작된 전투는 북이 한국군을 공격하여 발생했다. 북은 대포와 박격포로 집중포격을 가했고 4천~6천 명의 경비대가 공격을 해 왔다. 남쪽이 빼앗아 간 고지대를 탈환하기 위해서였다.

1949년 여름, 남한의 군함 여러 척이 북의 수역을 침입해서 북의 항구를 포격했다. 북은 대응하지 않았다. 대응할 병력이 없었던 것이다. 그러나 8~9월 중국에서 항일 전선에 나섰던 상당수의 병력이 돌아와 보강되자 김일성은 1950년 봄 38도선 가까운 해주

바로 위쪽에 사단을 배치했다.[*]

그리고 곧 6·25가 발발했다.

1945년 해방 당시, 1953년 휴전 이후 두 차례에 걸쳐 한 나라의 허리에 금이 그어지니, 그 금을 오가며 쓸데없이 폭력적인 넘나듦이 발생하기 마련이었다. 1953년 정전협정이 맺어진 지, 13년이 지난 1966년에도 그런 일들은 여전히 반복되었다.

월남 추가 파병을 저지하기 위한 북의 휴전선 도발

"1966년 11월 2일 DMZ 남쪽에서 북한군이 미군 순찰대를 공격한 것은 명백히 1주일 전에 한국군이 북한군을 공격한 데 대한 보복이다. 비록 10월 중순 이후 DMZ 일대에서 북한의 도발 행위가 현저히 증가했지만, 그럼에도 불구하고 북한이 대대적인 정전협정 위반을 기도하려고 작심한 것으로는 보이지 않는다. 11월 2일 북한군이 미군을 기습적으로 공격한 속셈은 10월 26일 30여 명의 한국군이 DMZ내에서 북한국을 습격한 사건이 재발되지 않도록 방지하려는 것이다. 북한이 월남전에서 '제2전선'을 조성하려는

---

* 브루스 커밍스, 앞의 『브루스 커밍스의 한국전쟁』, 202~206쪽.

의도를 갖고 있다는 증거는 없다. 그러나 북한이 DMZ 일대에서 긴장을 고조시키는 의도는 한국과 미국에게 한국군의 월남추가 파병을 경고하고, 다른 공산국들에게 북한이 월맹을 지원하고 있음을 과시하려는 것으로 보인다."

이것은 1966년 11월 8일 주한CIA 본국 보고 문서다. 남과 북이 서로 잽을 날리고 있는 상황을 묘사하고 있다. 휴전선 인근에서는 이런 식의 충돌이 한 해에 수십 건씩 있어 왔는데, 1967년 들어 북의 침투공작이 갑자기 극성을 부리기 시작했고 미 정보당국과 유엔사는 북이 이를 통해 이념적 형제국가인 '월맹'에 대한 지지를 과시하거나 중공의 반미정책에 동조하는 움직임을 보이고 있다고 파악했다. 한미 양국의 관심을 베트남으로부터 한반도로 전환시키고, 박정희 정부에 새로운 압력을 조성하고 베트남에 파병되지 못하도록 한국군 주력을 묶어 놓기, 한국 내 긴장 조성 등을 위한 것이라고 분석한 것이다. 1967년 12월 초 본스틸 한미사령관 역시 맥나마라 국무장관에게 북의 김일성이 '체 게바라' 전략

---

* 송승종, 『미국 비밀해제 자료로 본 대통령 박정희 - 5·16에서 유신헌법까지』, 북코리아, 2018, 259쪽.

대로 한미 양국의 관심을 베트남으로부터 한반도로 전환하여 한국이 베트남에 더 이상의 군대를 파병하지 못하도록 막고, 한국 경제에 치명적 손상을 입히며, 미군철수를 촉발하고, 공산화하기 위해 한국의 여러 지역을 군사적으로 교란할 것이라고 보고했다.

당시 북은 1,200여 명의 최정예 게릴라 요원을 보유했고, 집중적으로 특수훈련을 받는 요원들은 5천 명, 정찰여단 소속 4,070명을 합치면 북이 투입할 수 있는 인원은 약1만 명에 이른다고 미국은 파악하고 있었다.˙

북으로 치고 올라간 이진삼

이진삼(1937~)은 '영원한 조국'을 위한 '일직선 싸나이'다. "'싸나이 답게 변명하지 않고, 물귀신처럼 다른 사람 물고 늘어지지 않고, 비굴하지 않고…' 이런 진정한 싸나이라고 스스로를 규정한다. 육사 15기. 노태우 계파의 하나회 소속.

그는 저서에 우리의 나아갈 길에 대하여 황장엽의 말을 빌려 이렇게 썼다.

---

* 송승종, 앞의 『미국 비밀해제 자료로 본 대통령 박정희』, 261쪽.

·공산주의와 민주주의는 절대 화합할 수 없다.

·미군철수, 반공법 반대, 평화협정 연방제 통일 따위에 속아서는

안 된다.

·북녘 땅은 오직 독재자 한 사람만의 자유 보장을 위해 죽음의 동

토가 된 지 오래다.

·전쟁을 준비하는 것이 전쟁을 방지하는 것이다.

·평화통일은 목표이며 전쟁은 수단이다.[*]

오랜 세월 친미반공국가의 독재자들은 대중(국민)에게 민주주
의의 반대가 공산주의, 공산주의의 반대가 민주주의라고 가르쳤
다. 그것에 세뇌된 대중이라면 '반공'을 국시로 내세우기만 하면,
반공을 핑계대기만 하면 정적을 감옥에 가두고 죽이고 고문하고
거짓말을 해도 모두가 민주주의자가 되고 민주주의를 실천하는
것으로 믿게 되어 버린다. 모두를 무지렁이로 만들고 나면 독재
자에게 통치란 누워서 떡먹기다.

민주주의(民主主義)는 국민, 대중, 시민이 주인이라는 뜻이다.
나라의 모든 권력이 국민, 시민에게서 나오는 정치 시스템이다.

---

* 이진삼, 『내 짧은 일생 영원한 조국을 위하여』, 세계문화, 2017, 354쪽.

반대말은 혼자 권력을 휘두르는 독재(獨裁) 홀로 독(獨), 마름질할 재(裁). 다시 말하면 전체주의다.

공산주의(共産主義)는 함께 공(共), 낳을 산(産). '함께 생산한다'는 의미로 차별 없이 골고루 생산해 나눈다는 경제 시스템을 말한다. 반대말은 개인 투자의 자유가 보장되는 자본주의(資本主義), 재물이 근본이 되는 경제 시스템을 말한다.

그러니 민주주의 반대를 공산주의라 가르치며 국민, 대중을 무식꾼으로 만드는 것은 독재자들의 얕은 술수, 교활한 술수일 뿐이다. 독재자나 독재자에 충성하는 자가 공산주의로부터 민주주의를 지킨다고 하는 것은 도둑놈이 경찰을 지키겠다는 말과 같다. 그런데 한 나라의 육군총장, 장관, 국회의원을 지냈다는 분이 평생을 저러고 살았다.

1964년, 27세의 이진삼 중위가 발령이 난 곳은 서울 통인동 방첩대였다. 1965년 10월 맹호사단에 속하여 파월 군수지원사령부 방첩대장 겸 VIP 경호를 맡는 기동대장으로서 근무하다가 1년 만에 귀국해 방첩부대 특공대장이 되었다.

1967년 미정보당국도 파악한 대로 북은 월남 파병을 막고 한국군의 주력을 한반도에 묶어놓고자 휴전선에서 자주 도발을 해 왔다. 이진삼이 윤필용 장군을 찾아갔을 때 윤 장군은 전화통화 중이었다. 이진삼이 제안한 무장공비 보복 대책에 대해 상부에서는 탐탁지 않게 생각한다는 통화 같았다. 이진삼이 제안했던 계략은 서빙고분실에 수용되어 있는 북한 특수부대 출신들로 검거되거나 자수한 공비들을 이용해 북파 작업을 하자는 것이었다. 윤필용이 수화기를 내려놓기 무섭게 이진삼은 한 발짝 다가가 말했다.

"제가 응징작전 하겠습니다. 더 이상 당하고만 있을 수 없습니다."

"이 대위 안 돼. 우리 부대는 잡는 부대지, 침투 부대가 아니다. 더군다나 전향한 공비를 이용해서?"

이진삼은 끈질기게 윤필용을 설득했다. 윤필용은 한숨을 쉬며 깊은 침묵을 지키다가 드디어 입을 열었다.

"하긴…. 누가 지 목숨 걸고 자원하겠어. 군사기밀로 묶어둔다 해도 보안상 문제도 많고, 설령 살아 돌아왔다 해도 언젠간 나발 불고 다닐 테고, 그렇지만 잡아놓은 공비를 이용하는 건 아무리 생각해도 너무 위험해. 살아온다는 보장이 어디 있냐고. 전향을 했다 해도 개네들은 불과 얼마 전만 해도 턱밑에 총구멍을 들이댄 공비였다고. 만의 하나 뒤돌아서 쏘고 달아나면…."

이진삼은 윤필용의 우려를 십분 이해했지만 공격, 응징이 최선의 방어임을 설득했다. 마침내 윤필용의 허락이 떨어졌다. 이진삼은 전향 공비 중 4명을 선발해 신뢰를 쌓는 작업을 했다. 8kg의 모래주머니를 양쪽 발목에 차도록 하고 삼복더위, 장맛비 속에서도 우이동 깊은 계곡을 수없이 오르내렸다. 땀을 많이 흘릴수록 피는 적게 흘리는 법이라며 4주 동안 매일 8시간씩 입에서 단내가 나도록 고단한 훈련을 시켰다. 두 남매와 임신한 아내가 살고 있는 두 칸짜리 작은 집에도 데려가고 고향 선친의 묘를 찾아 함께 술을 올리기도 했다. 유서를 써 놓고 그는 두 달 전 북에서 남으로 총부리를 겨누고 내려왔던 요원들을 데리고 북으로 향했다.

 1차 작전 - 1967년 9월 27일 : 처음 목표는 북한군 제13사단장 장사청을 살해하는 것이었다. 일행은 강원도 화천군 원동면 날근터에 있는 국군7사단 GP에 도착해서 침투지형을 관찰했다. 19:40. 아군 GP를 떠나 호송장병 셋의 안내를 받고 군사분계선에 도착, 북편의 양지마을로 넘어갔다. 00:10. 튜브를 끼고 금성천을 건너 튜브를 감춰 두고 능선을 따라 목표인 북의 13사단 쪽으로 향했다. 북의 잠복초소가 보이는 50미터 앞에 비트를 파 교대로 휴식을 취했다. 12:00경. 북의 군인들이 지뢰매설을 위한 작업을 시작하기에 위치를 이동하는데 13:50경 요원 하나가 부주의로 나뭇가지를 밟았다. 30미터 앞에서 '뉘기야?' 하며 북한군이 다가왔다. 요원 하나가 단도로 상대의 목울대를 그었다. 다른 병사 둘이 다가왔다. 기관단총 60여 발, 수류탄 6발, 반탱크 수류탄 1발을 투척하고 퇴각 명령을 내렸다. 14:40. 마침내 금성천 어귀에 도착. 감추어둔 튜브를 꺼내 물속으로 뛰어들었다. 15:30. 군사분계선을 넘어 GP로 복귀했다. 군관 1명을 포함 13명의 북한군을 살상하는 전과를 올렸다.

2차 작전 - 1차 작전 17일 뒤인 1967년 10월 14일 18:30. 강원도 화천, 국군 7사단 2대대 5중대 전방 대기지점을 출발했다. 19:00. 안내장교와 작별, 4명이 북상했다. 평지가 펼쳐져 2시간 포복으로 강에 도착. 23:50. 소성동에 도착. 05:00. 포복 중 목함 지뢰를 발견했다. 요원 하나가 피한다고 하다가 실수로 덮쳐 버렸는데 1초, 2초, 3초를 가도 터지지 않았다. 운이 좋았지만 모두들 초주검이 되었다. 08:00. 중대병력이 이진삼조를 추격 중이었다. 이진삼은 서둘러 반대 방향으로 하산할 것을 지시했다. 퇴각하는 길에 적의 807GP를 습격하려 했으나 1차 작전 이후 곳곳에 함정과 지뢰를 묻어 놓아 전진할 수 없었다. 은신을 위한 비트를 파고 해가 지기를 기다려 다음날 04:00경 마침내 은닉해 두었던 튜브를 꺼내 금성천을 건넜다. 초소의 병사가 사격을 가했지만 무사히

귀환했다.

　3차 작전-1967년 10월 18일 : 작전지역을 강원도에서 경기도 지역으로 바꿨다. 두 번을 건드려 놓았으니 장애물과 경계가 한층 강화되었을 것이기 때문이다. 14:00. 이진삼조는 서빙고를 출발했다. 16:30. 경기도 연천군 왕징면 도착. 17:10. 국군 28사단 169GP에 도착. 직선거리 300미터에 목표물인 북의 689GP가 육안으로 보였다. 18:40 소대원들의 도움으로 군사분계선까지 장비 운반. 19:20. 강을 건넜다. 도하 장비를 땅 속에 묻고 갈대밭에서 전방 관측, 60미터 앞에서 북한군의 경계초소를 발견했다. 자정을 넘어 초병들이 졸거나 잠드는 사이를 이용해 처치하고 통신선을 절단할 것을 지시. 두 명의 병사를 단도로 처치했다. 초소는 피바다가 되었다. 02:00. 북의 689GP에 기습적으로 접근, 내무반 문을 열고 수류탄 8발과 기관단총 사격으로 완전히 GP를 파괴하고 20여 명을 사살했다. 02:30. 예정된 집결지에 도착해 보니 요원 한 명이 보이지 않았다. 길을 잃고 총에 맞아 숨진 것으로 판단한 이진삼 일행은 06:10. 군사분계선에 도착. 아침 안개를 이용하여 임진강을 건넜다. 07:00. 국군 169GP로 복귀했다. 살아남은 두 명의 (공비)요원은 약속대로 윤필용 사령관에게 건의해서 불기

소 처분, 정착금 지원, 직업 알선의 뒤처리가 이루어졌다.[*]

박정희, 이진삼에게 봉투 하사하다

3차 작전 후 북에서 돌아온 다음날인 1967년 10월 23일, 윤필용 사령관은 부하에게 박정희 대통령에게 보고할 서류를 작성하게 했다. 다음날인 10월 24일, 11시 이진삼은 보고서를 지참하고 윤필용과 청와대를 찾았다.

"각하, 육사 15기생 이진삼입니다. 선봉중대장을 했습니다."

"이미 보고 받아 잘 알고 있네."

박정희가 이진삼의 어깨를 툭 쳤다. 박정희는 탁자 위의 보고서를 뒤적였다.

"고향이 부여로군."

"예. 나이는 서른하나입니다."

"결혼했구먼. 딸린 식구가⋯."

윤필용이 끼어들었다.

"곧 세 아이 아빠가 될 것입니다."

---

[*] 이진삼, 앞의 『내 짧은 일생 영원한 조국을 위하여』, 108~131쪽.

박정희는 측은한 눈빛으로 이진삼을 쳐다보았다.

"수고했어. 공비들을 포섭해 역이용한 발상이 좋았어. 이제 그만해. 명령이다. 베트남은 다녀왔나?"

"예. 맹호부대 기동대장으로 다녀왔습니다."

박정희는 고개를 끄덕이고는 테이블 서랍에서 봉황이 그려진 두툼한 봉투 하나를 꺼내어 이진삼에게 건넸다. 빳빳한 5백 원 권 지폐가 빼곡히 들어 있었다. 봉투 뒷면에는 '대통령 박정희'라고 적혀 있었다.*

이진삼은 1985년 11월 15일 상도동 김영삼 민주화추진협의회 공동의장 가택에 잠입하여 서류를 탈취했다. 1985년 12월 24일 우이동 문익환 목사 가택에 잠입하여 서류를 탈취했다. 1986년 5월 신대방동 양순직 신한민주당 부총재 가택에 잠입하여 서류를

---

* 이진삼, 앞의 『내 짧은 일생 영원한 조국을 위하여』, 132쪽. 이진삼은 1975년의 베트남 전쟁의 종식을 북베트남 공산 진영에 의한 남베트남 민주 진영의 패망이라고 굳게 정의했다. 또 5.18은 유언비어로부터 비롯되었으며 전국의 용공세력들이 광주로 몰려들어 광주 지역 주민을 부추겼기 때문이라고 했다. 건물에서 시위하는 군중들을 향해 총을 쏜 것은 지하조직들이며 군인 아닌 김영삼 등이 대통령이 되면 나라가 망한다고 말한다. 평화를 원하거든 전쟁을 준비하라는 이진삼, 복지예산을 줄여 국방예산을 늘리라는 이진삼. 박정희에게 하사금을 받은 이진삼대위는 승승장구. 후에 육군참모총장, 장관, 국회의원을 지냈다. 그를 출세가도로 달리게 한 사건은 '67년 말의 북침사건이었다. 비록 그것이 김신조 1.21사태의 원인이 되어 한반도를 뒤흔들었음에도 불구하고.

절취했다. 1986년 6월 양순직 신한민주당 부총재를 신대방동 자택 앞에서 린치했다. 1986년 7월 민주당 김동주 의원을 여의도 삼부아파트 앞에서 린치했다. 1993년 8월 정보사 민간인 테러사건과 관련하여 구속 기소되어 징역 2년이 구형되었고 '폭력행위 등 처벌에 관한 법률위반죄'로 징역 8월에 집행유예 2년을 선고받았다. 그의 동생 이진백도 역시 1988년 《중앙경제신문》 사회부장이던 오홍근 기자에게 테러를 가해 정보사령관에서 쫓겨났다.*

남으로 치고 내려온 김신조

이진삼이 북에 가서 수십 명을 죽여 내무반을 피바다로 만들고 내려온 지 석 달 만인 1968년 1월 21일에 북에서 최정예 특수부대 요원 31명이 휴전선을 넘었다.

1968년 1월 21일 일요일 새벽, 김형욱은 비상전화벨 소리에 단잠을 깼다.

"문산 미 제2보병사단 구역 내의 철조망이 뚫리고 숫자 미상의

---

* 〈인터넷 나무위키〉 이진삼 의원.

괴한들이 남하하고 있다는 정보입니다."

"뭐라고? 즉시 6군단 예비사단을 동원해서 수색작전을 수행하라고 연락해!"

김형욱은 지시를 내리고 바로 청와대에 박종규 경호실장에 전화를 했다. 점심을 부리나케 먹은 김형욱은 청와대로 들어갔다. 박정희와 함께 사태 진전 상황을 추가보고 받았다. 제5국(대공수사국)장 홍필용이 전화를 했다.

"문제의 괴한들이 이미 아군의 저지선을 돌파한 것 같습니다. 방금 파주군에 사는 나무꾼 4명의 신고가 들어왔는데 삼봉산 기슭에서 약 30명에 달하는 괴한들을 만났는데 특수훈련을 하는 기관원들이라고 자칭하며 국가기밀사항이니 절대로 입 밖에 내지 말라고 협박을 받았다고 합니다."

"우리 정보부 측에서 그런 특수훈련을 내 보낸 일은?"

"전혀 없습니다."

"그럼 윤필용 방첩부대장에게 알아보았소?"

"예. 알아보았는데 전혀 그런 일이 없었답니다."

"그럼 그들이 서울 쪽으로 접근해 온다는 말인가?"

"그런 것 같습니다."

"즉시 6군단 예비사단에게 초비상경계를 지시하시오. 그리고

6관구 전 병력과 전 경찰력을 동원하여 서울로의 진입로를 차단하시오."

김형욱의 통화를 옆에서 듣고 있던 박정희가 물었다.

"아니 그놈들이 여길 목표 삼고 있는 거 아냐?"

"설마 그럴 리가 있겠습니까?"

김형욱은 핼쑥해진 박정희를 안심시켰다. 박정희는 김성곤을 불러들여 셋이 반주를 겸해 복요리로 저녁을 먹었다. 식사를 마치고 김성곤과 청와대 밖으로 나와 한 잔 더 마시고 있는데 운전병이 뛰어 들어와 자동차에 긴급 무전전화가 와 있다고 했다. 무장괴한들이 청운동 고갯길까지 접근했다는 것이다.

접전 끝에 25명이 사살되고 1명은 자폭, 1명(김신조)은 투항했으며 4명은 북으로 도주했다. 생포된 김신조는 "박정희 모가지를 뗄 임무를 가지고 왔다"고 말했다. 청와대 모형을 만들어놓고 15일간 특수침투훈련도 받았다고 했다.

박정희는 차마 청와대까지 습격을 하리라고는 생각하지 못했다. 물론 두어 달 전에 이진삼을 불러 격려금을 주었던 일이 잠깐 떠오르기는 했다. 등골이 써늘했다. 분노가 하늘을 찔렀다. 감히

---

* 김경재, 『혁명과 우상2』, 전예원, 1991. 213~ 217쪽.

여기가 어디라고! 당장 예비군 창설, 군 복무 기간 연장, 전투경찰 창설, 주민등록증제도 실시 등의 조치가 뒤따랐다. 그런데 정말 박정희를 분노케 한 것은 다른 데에 있었다. 이틀 후에 푸에블로호가 북 영해를 침범했다는 이유로 북에 나포되었는데, 한반도에서 벌어진 두 가지 사건에 대해 보여준 미국의 상반된 태도가 바로 그것이었다.

4. 미국의 입장과 진상조사

'가자 북으로, 오라 남으로?' 박정희 통해 민족주의 세력 제어하라!

5·16 쿠데타가 일어나기 직전인 1960년 4월. 부패한 이승만 정
권에 대한 저항으로 4.19혁명이 일어났고, 이승만을 하야시킨 시
민들은 한반도 문제의 해결을 위해 적극 나섰다. 서울대학생들은
11월 1일 분단 극복, 통일운동을 위해 민족통일연맹을 조직했다.
이후 전국적으로 대학가에 조직이 결성되어 고등학교에까지 파
급될 정도였다. 1961년 5월 5일 전국 17개 대학 대표가 참석한 가
운데 '민족통일전국학생연맹 결성준비대회'가 개최되어 공동선언
문을 발표하기로 했다. 이들은 "식민지, 반(半)식민지적, 반(半)봉
건적 요소를 척결하고 민족 대중 세력은 매판 관료 세력을, 통일
세력은 반통일 세력을, 평화 세력은 전쟁 세력을 압도하여 통일을

실현시키자"는 성명서를 준비했다. 대학생들은 "가자 북으로, 오라 남으로, 만나자 판문점에서"라는 슬로건을 내어걸었다. 바야흐로 통일, 민족주의가 중요한 사회 관심사로 떠올랐던 것이다.

미국의 입장에서 한국 국민이 평화를 이야기하고 통일을 이야기하는 것은 다 된 밥에 코를 빠뜨리는 것과 같았다. 1945년과 1953년 두 차례 한반도의 허리를 잘라 놓은 것은 분단을 통해 반도의 남쪽에 강고한 반공정권을 유지해야 일본 앞에 공산권과의 완충지대를 만들 수 있고, 미국은 일본을 보호하여 아시아에서 안전한 패권을 유지할 수 있기 때문이었다. 그런데 '철없는 대학생들'이 통일을 이야기하며 남과 북이 판문점에서 만나자며 전국을 달뜨게 하고 있지 않은가. 어떻게 갈라놓은 허리인데!

미국 입장에서 한국의 대학생, 민족주의, 통일은 모두 현기증 나는 껄끄러운 단어였다. 수족처럼 부릴 수 있는 힘 있는 대안세력이 나타나야 할 때에 미국은 그에 딱 들어맞는 군인 박정희가 쿠데타를 준비한다는 정보를 입수했다.

5·16쿠데타가 일어난 뒤 CIA 등 정보기관들은 합동으로 특별 국가정보판단서(SNIE)에서 이렇게 결론을 내렸다.

'….아마도 쿠데타 집단은 한국 정부의 경제적 행정적 노력에 새로운 활력과 기강을 불어넣고 특히 부패 척결에 일부 진전을 보일 수도 있을 것이다…. 박정희와 그 동료들이 외형상으로 관찰되는 것보다 더 큰 단합을 창출하고 이를 실행에 옮기지 못하는 한, 한국 정치는 지배적 군부집단 내에서 벌어지는 끊임없는 당파적 책동과 주기적 권력 교체 현상을 보일 것이다…. 박정희가 공산주의자들과 관련되어 있다는 풍문은 사실이 아닌 것으로 보인다…. 쿠데타 전후 우리 미국의 전반적 정책 처방은 '한국 사회에 새로운 목적의식을 부여함으로써, 민족주의적 세력을 제어하는 것'이다.

쿠데타가 일어나기 전, 미국은 여러 가지 정보를 분석해 박정희는 미국의 뜻대로 반공을 실천할 것이며 민족주의 세력의 싹을 잘라 분단을 고착시킬 인물이므로 미국의 안정적인 지원이 필요하다고 판단한 것이다.

누구라도 친미 반공이라면 지원한다는 미국

박정희의 쿠데타 다음날인 1961년 5월 17일, 매그루더 주한미군사령관은 개인적 소감을 렘니처 합참의장에 보고했다.

'… 요컨대, 한국 정부의 내부, 주변의 강력한 인물들은 쿠데타 계획을 사전에 인지하고 있었고, 적어도 이에 반대하지 않는 것으로 보인다…. 반미적 또는 친공적 감정이 개입되었다는 증거는 없다. 만일 쿠데타가 성공하도록 용인된다면, 추종 세력들의 전폭적인 충성을 받고 있는 박정희는 '아마도 한국에서 가장 강력한 인물'로 등장할 것이다.'

우려가 없는 건 아니었다. 쿠데타 한 달 뒤인 백악관 국가안보회의에서 주한미군 참모장 죠지 데커는 걱정스러운 표정으로 이렇게 말했다.

"한국에서 가장 어렵고 불길한 문제는 한 무리의 젊은 장교들이 나라를 주무르는 것입니다. 박정희의 성격과 정서로 보면 후일 문제적 인물로 떠오를 수도 있습니다."

케네디가 단호하게 말했다.

"미국은 권력을 장악한 인물들을 상대하는 이외에 다른 대안이 없습니다! 우리는 가난한 한국이 우리에게 군사적으로 계속 의지하지 않고 성공한 반공국가가 되도록 경제개발계획 등을 빠르게 안내해야 합니다."

과연 박정희는 쿠데타를 일으켜 정권을 잡고 나서 통일을 준비하자던 민족통일학생연맹 관련 대학생들을 모두 감옥에 처넣었다. 이후 박정희는 임기 내내 통일을 이야기하면 모두 빨갱이로 몰아 싹을 잘랐다. '우리의 소원은 통일'이라는 노래는 교과서에서 삭제해 버렸다. '평화'라는 단어도 남쪽에서는 금기어가 되어 갔다.

미국 국무부는 박정희의 과거 전력을 이미 모두 검토했다. 박정희가 친일, 친공, 반공으로 카멜레온처럼 변신하는 것을 보고 그들은 박정희를 '스네이크 박'이라고 불렀다. 뱀같이 교활한 자라는 것이다. 그러나 한편으로 그렇게 권력욕이 강한 자는 당근과 채찍으로 통제하기가 훨씬 쉽다는 것 또한 알고 있었다. 박정희의 경제개발계획이 좌충우돌하고 있을 때 케네디는 그에게 경제 과외 교사 조엘 번스타인을 보내주었다.

"수출주도형 국가로 바꾸시오! 환율을 올리시오!"

케네디는 신임 버거 대사에게도 발 빠르게 주문을 했다.

"당신의 제일 중요한 임무 중의 하나는 한일관계를 개선시키는 거요. 한국과 일본이 서로 의존적인 관계가 되는 것이 미국의 이익에 도움이 됩니다."

미국은 미군정 이후 벌써부터 한국과 일본을 손잡게 하려 했다. 그래야 미국 입장에서는 경제적으로 군사적으로 쉽게 아시아를 '운영'할 수 있다고 판단했던 것이다. 1964년 6월 초, 한일수교 협상을 반대하는 학생시위가 거세지자 박정희는 계엄령 선포를 결심하고 이를 뒷받침할 군대의 이동을 위해 버거 주한미대사와 해밀턴 하우즈 유엔군사령관 겸 주한미군사령관을 청와대로 불렀다. 그들에게 6사단, 28사단을 유엔사의 작전통제권으로부터 해제시켜 줄 것을 요구했다. 미국은 한일간의 협정을 오래도록 요구해왔던 바이므로 어렵지 않게 박정희가 요구한 2개 사단을 작전통제권에서 해제시켜 주었다. 물론 그들은 계엄령 선포의 승인이 아니라 작전통제권의 해제를 승인한 것이라며 빠져나갈 구멍도 만들어 두었다.

1964년 9월 휠러 합참의장은 맥나마라 국방장관에게 아래와 같은 내용을 승인하고 조율해 줄 것을 요구했다.

·미군은 비공산주의 분파들 간에 벌어지는 어떠한 권력투쟁에서도 중립을 유지하고 유혈사태 방지를 위해 노력하며, 유엔사의

지휘권에 대한 한국군의 복종상태를 유지한다.

·미국은 군사지원계획을 통하여 친서방적 한국군 및 정부에 대한 기존의 지원을 계속한다. 컨트리 팀(대사관, 군, 정보기관, 원조기관 대표로 구성)을 통해 주한미국대사가 사회적 경제적 개혁을 가속화하고 불법조치 및 부패를 척결할 수 있도록 지원한다.

·공산주의자나 반미 분자들이 쿠데타나 반란을 일으킬 경우, 미국은 공인된 정부 또는 의심할 여지없이 친미적 성향의 한국군 부대를 지원한다.

·공인된 한국 정부가 쿠데타나 반란의 진압을 위해 한국군에대한 작전통제권 해제를 요청할 경우, 유엔사령관은 자신이 판단하기에 부당할 정도로 한국 내 유엔군, 주한미군의 전반적 군사태세를 약화시키지 않는 한, 이를 수용한다….*

이렇게 미국은 반공과 친미를 내세우기만 하면 언제든지 뒷배가 되어주었기 때문에 박정희는 반공, 친미를 내세워 영구집권을 꾀할 수 있었다. 반공과 친미는 독재자를 위한 생명수였다. 독재자는 교육을 통해, 언론을 통해 국민들을 친미, 반공으로 길들였

---

* 송승종, 앞의 『미국 비밀 해제 자료로 본 대통령 박정희』, 79~89쪽.

다. 그러는 동안 남쪽의 국민들 사이에 평화, 통일이라는 단어는
희미해져 갔다.

정전협정 어기고 남한에 핵무기를 배치했던 미국

미국은 1950년대 한국전쟁 때문에 재정이 어려워지자 주한미
군을 줄이고 미국 원조에 의존했던 대규모 남한 병력도 감축해야
했다. 거세게 반대하는 이승만을 달래기 위해 미국은 정전협정을
어기고 1958년 1월부터 남한에 핵무기를 들여놓기 시작했다. 핵
무기를 들여오기 전인 1956년 6월, 주한미군과 유엔군 사령부는
정전협정에 따라 인천, 부산, 군산에 주재하던 폴란드와 체코슬
로바키아 중립국 감독위원회 감시위원 16명을 판문점으로 쫓아
냈다. 덧붙여 다음해인 1957년 6월엔 '한국 국경 밖으로부터 증원
하는 작전비행기, 장갑차량, 무기 및 탄약을 들여오는 것을 정지
한다' 등의 정전협정 일부 조항을 없애 버렸다. 이로써 미국은 마
음대로 무기를 추가로 도입할 수 있게 되었으며 곧바로 핵무기를
들여놓기 시작한 것이다.*

---

* 북한은 이에 대응하기 위해 땅굴을 파기 시작하고, 주요 군사시설, 산업시설을 지

미국은 한국전쟁 중에 핵무기 사용 가능성을 언급하더니 1958년부터 1970년대까지 거의 800기나 되는 핵탄두를 배치하였다. 1962년 맥나마라 국방장관은 동북아의 장기적 안보를 보장하기 위해 주한미군이 자체 보유한 핵무기를 사용하는 방안을 적극적으로 검토했다. 1976년부터 시작된 한미합공 군사훈련인 팀 스피리트는 대대적인 핵무기 사용훈련을 포함하고 있었다.

미국과 남한의 핵무기에 맞선 북의 핵무기 개발

1991년 소련의 해체 이후 미국은 남한에서 핵무기를 철수했다고 발표했지만 비밀보고서에 의하면 미국은 2천 개 이상의 핵무기는 모두 철수하더라도 해군 핵무기는 '적당한 때에 재생하거나 재배치할 수 있다'며 '언제라도 핵우산'을 제공할 것을 다짐했다. 한반도 주변 해역에는 여전히 핵무기가 배치되어 있다는 것이다.

반면에 소련과 중국은 북한에 핵우산을 약속하지 않았다. 핵무기 개발은 최소의 비용으로 최대의 안보 효과를 얻을 수 있기 때

하에 건설하기 시작했다. 또한 핵무기를 함부로 사용하지 못하게 하기 위해 '적 껴안기' 전략으로 휴전선 150km 안에 현역군의 70%를 배치했다.

문에 경제력이 빈약한 북한은 핵무기를 택할 수밖에 없었다.[*]

한국전쟁과 베트남전쟁 통해 경찰국가, 전쟁국가가 된 미국

한국 근현대사와 동아시아 국제관계를 전공하는 브루스 커밍스 교수는 미국이 광범위한 해외기지를 구축하고, 국내에서 안보국가를 수립했으며, 미국을 세계의 경찰국가, 전쟁국가로 만든 것은 세계 2차대전이 아니라 바로 한국전쟁이라 말한다. 밥 허버트는《뉴욕타임스》(2009. 7. 7일자) 기고를 통해 미 국무장관 맥나마라가 베트남 전쟁에서 이길 수 없다는 걸 알면서도 수만 명의 미국 청년을 사지로 내몰았다고 비난했다. 그는 "도대체 어떻게 거울 속의 제 얼굴을 쳐다볼 수 있었는가?"라며, "그 전쟁 자체가 크나큰 실수였다. 우리는 적을 몰랐다. 우리는 '공감'이 부족했

---

[*] 북한은 2003년 6월 "우리가 핵 억제력을 갖추고자 하는 것은 그 누구를 위협하고 공갈하기 위해서가 아니라 앞으로 재래식 무기를 축소하며 인적 자원과 자금을 경제건설과 인민생활에 돌리려는 데 있다"며 "미국이 조선에 대해 적대정책을 포기하지 않는 한 자금이 적게 들면서도 그 어떤 첨단무기나 핵무기도 무력화시킬 수 있는 강력한 물리적 억제력을 강화해 나갈 것"이라고 발표했다. 북이 핵과 미사일 카드를 쓰는 것은 무시당하지 않으면서 미국을 협상 테이블로 끌어들이기 위한 것이라는 것이다. 이재봉, 『이재봉의 법정증언』, 도서출판 들녘, 2015; 〈북한 핵무기 언제부터 왜 만들었는가〉,《프레시안》2014.8.8.

다. 우리는 '그들의 마음속으로 들어가 그들의 눈으로 우리를 바라보아야' 했지만, 그렇게 하지 못했다. 우리는 자신의 가정에 얽매인 눈먼 포로였다. 한국에서 우리는 지금도 마찬가지다. 미국은 베트남에 대해서도 한반도에 대해서도 잘 모르면서 섣불리 전쟁에 끼어들었다."고 말했다.

6·25전쟁은 남북 모두를 파괴했다. 남에서는 62만1,479명, 북에서는 60만7,396명, 유엔군은 15만1,129명의 사상자가 나왔다. 남의 제조업은 42%가, 북에서는 공업의 60%가 파괴되었다. 북의 경우 미국의 집중 포격으로 신안주 100%, 황주 97%, 흥남 85%, 원산과 함흥 80%, 평양 75%가 파괴되었다.*

에치슨의 말에 따르면 한국전쟁은 '발발하여 미국을 구한' 위기였다. 한국전쟁 덕분에 국가안전보장회의 문서 제68호(NSC-68)가 최종적으로 승인되었고, 1950년 당시 미국 국방비를 네 배로 늘리는 예산안이 의회를 통과했다. 미국의 군비 지출은 19세기, 20세기에 들어선 후로도 한참 동안 국민총생산의 1%를 넘지 않았다. 그러나 한국전쟁 이후 세계 도처에 수많은 해외 기지들이 엄청난 규모의 방위산업들과 연결되어 미국의 군산복합체는 모든

---

* 브루스 커밍스, 앞의 『브루스 커밍스의 한국전쟁』, 227쪽.

산업국가의 영토에 광범위한 군사기지 네트워크를 유지하고 있으며, 국민총생산의 3.11%(2020년 전 세계 국방비 지출의 38%)를 차지하게 되었다. 영구 전쟁국가로 변모하게 된 것이다.*

전쟁국가의 문제는 그들이 더 이상 평화를 구하지 않는다는 것이다. 국가경제의 상당 부분을 차지하게 되는 군수산업은 재고 소진과 생산 확대와 판매를 통한 이윤을 추구하게 되므로 '전쟁을 계속 창출해야'하는 운명에 놓이게 된다. 에치슨은 한국전쟁이 미국을 구한 전쟁이라고 말했지만 군수산업의 속성 때문에 그들은 '악의 축', '괴물'로 변해갈 수밖에 없게 된다. 미국은 브레이크 없이 내리막길을 달리는 전차와도 같이 전쟁을 향해 내달리는 호랑이 등에 올라탄 운명이 되었다.

군수산업이 미국과 인류의 미래를 망칠 것이다

아이젠하워 대통령은 1961년 1월 케네디에게 자리를 비워주는 고별연설에서 군부를 포함한 행정부와 산업체가 하나로 결탁한 군산복합체의 실상을 지적하고 그 위험성을 경고했다.

---

* 브루스 커밍스, 앞의 『브루스 커밍스의 한국전쟁』, 285쪽.

"방대한 군사체제와 대규모 무기산업 간의 결합은 전에 미국인들이 경험하지 못했던 새로운 현상을 불러올 것이다. 잘못된 힘이 재앙적인 모습으로 등장할 가능성은 이미 존재하고 있고 앞으로도 지속될 것이다. 그 권력이 우리의 자유나 민주적 절차를 위협하는 걸 방치해서도 당연하게 여겨서도 안 된다. 깨어 있는 시민들이 평화적 방법과 목표로 이 군산복합체를 통제할 때에 비로소 국가 안보와 자유가 함께 번영할 것이다."

군수산업은 돈을 만들기 위해 전쟁을 만들어내고, 전쟁 발발을 위해 거짓 조작도 서슴지 않을 것이었다. 물이 위에서 아래로 흐르는 이치처럼 너무나 분명한 사실이 미국을 망칠 것을 걱정했던 것이다. 아이젠하워가 우려했던 '잘못된 힘의 재앙적 모습'은 불행하게도 40년 동안 더욱 공고해져 갔다.

또 다른 거짓 - 유엔의 허울을 쓰고 있는 유엔사령부

대부분의 사람들은 한국에 있는 '유엔사령부'를 유엔이 만든 기구로 생각한다. 그러나 유엔의 기구표에 유엔사령부는 들어 있지 않다. 물론 비용도 대지 않고 보고도 받지 않는다. 이 조직은 미국무부에서 관리한다. 주한미군사령관이 한미연합군사령관과 유엔사령관을 겸하고 있다. 유엔이라는 허울(cloak)을 뒤집어쓰고 있는 미국 정부의 조직일 뿐이다. 일본과 한국에만 있다.

1966년 10월 26일 남측의 30여 명이 DMZ 내에서 북한군을 습격하여 30여 명의 사상자를 냈다. 일주일 후인 11월 2일 북한군이 미군 순찰대를 보복 공격했다. 11월 8일 CIA는 '북은 한국군 월남파병이 한창 이루어지고 있던 1966년 말부터 DMZ 일대에 도발을 현저히 증가했지만 대대적인 정전협정 위반을 하려고 작심한 것으로는 보이지 않는다.'고 상부에 보고했다.

북은 DMZ 안에서의 남측의 공격에 대해 유엔사를 비난하며 유엔사의 정당성을 공격했다. 미국은 이에 대해 민감한 반응을 보였다. 윈스럽 브라운 주한 미대사는 국무부에 11월 29일 이런 보고서를 보냈다.

'국무부도 알고 있는 바와 같이 아마도 한국군은 수차례에 걸쳐 MDL(군사분계선)을 넘어 북한군을 습격했던 것으로 보인다. 북한 정권은 한국군이 그러한 공격을 가했음을 입증하는 사진 또는 물리적 증거를 갖고 있는 것 같다. 한국군이 유엔사의 작전통제권 하에 있다는 점을 고려하여 소련은 유엔 총회에서 유엔군이 약속한 정전협정을 제 손으로 위반했으므로 유엔군이 철수해야 한다고 촉구할 수 있다. 소련은 유엔의 대행기관인 유엔사령부가 유엔에 가입하지 않는 비회원국인 한국의 군대에 대한 작전통제권을 행사하는 것은 유엔결의안 허용 권한을 넘어서는 것이라 주장할 가능성이 있다. 우리는 유엔이 어떤 조치를 통해 이러한 권한을 인정했는지에 대해서 알지 못한다. 유엔사는 유엔과의 관계에서 '변칙적 현상'이다. 이제 적대행위가 종식된 지 13년이 넘었으므로 소련은 유엔사가 '유엔의 허울(UN cloak)'을 벗어야 한다고 주장할 수 있다. 우리는 상기의 논의가 가정적인 것이지만 여전히 가능성의 영역에 있음을 인식하고 있다.'

미국이 운영하고 있는 유엔사에게 다른 나라들이 '유엔 허울을 벗으라'고 할까봐 염려한다는 보고서다. 유엔은 1994년, 2018년 거듭해서 '미국이 주도하고 있는 유엔사령부는 잘못된 명칭이며 유엔사령부는 유엔조직이나 기구가 아니고 유엔의 지휘와 통제를 받지도 않고, 안전보장이사회의 보조기관으로 설립되지 않았으며 유엔 예산을 통해 자금을 지원받지도 않으므로, 따라서 유엔사령부와 유엔사무국 사이에는 보고라인도 없는 아무 관계없

는 기구'라고 밝힌 바 있다.[*]

헨리 키신저는 미 국무장관이던 1975년 9월 22일 '미국은 한국 전쟁이 끝난 지 20년이 지나면 유엔사령부를 종료하는 것이 시의 적절하다는 데 동의한다'고 유엔총회에서 발언했다. 2021년 현재 한반도에서 전쟁이 끝난 지 70년이 되었고 남북 정상은 수년 전 이미 평화를 선택했다. 유엔의 가면(cloak)을 뒤집어 쓴 거짓된 유엔사를 통해 남북의 소통을 사사건건 가로막고 있는 미국은 거울로 자기 자신을 들여다보아야 한다.

험프리 추가 파병 요청 보고

1965년 12월이 되자 베트남의 상황이 심상치 않게 돌아갔다. 존슨은 아시아 국가들로부터 추가적인 파병을 얻어내야 했다. 다급해진 미국은 불과 두 달 전 맹호부대와 청룡부대를 파견한 박정희에게 반 년 뒤인 4월까지 1개 여단, 7월까지 1개 사단을 각각 보내달라고 사정했다. 존슨은 협상을 위해 급히 험프리 부통령을

---

[*]   Jurdical Yearbook(유엔법무국), 1994, Chapter VI, pp. 501-502, '유엔 정무 사무부총 장 로즈마리 다칼로 안보리 브리핑.'

한국에 보냈다.

1966년 1월 5일. 박정희를 만나고 돌아간 험프리는 존슨 대통령에게 이렇게 귀국 보고서를 냈다.

'박정희 대통령은 작년에 미국이 제공한 군사 지원이 부당하게 지연되었고, 수리 부속품이 턱없이 부족하다고 합니다. 대부분의 장비, 레이더, 야전장비, 방공포, 소총 등이 2차 대전 당시에 사용되던 구식이어서 사용 불능 상태가 심각하다는 것입니다. 한국정부는 일본에서 군수품을 구매하는 것에 대단한 불만을 가지고 한국으로부터 역외조달로 군수품을 구매해 줄 것을 강력히 요청했습니다. 한국군의 추가적 현대화를 위해 필요한 군사자원을 제공해준다면 1967년 한국 대선에 도움이 될 것이라고 합니다.'

미국은 박정희를 가장 친한 친구처럼 대하며 파병을 졸라대더니 그 대가로 2차 세계대전 때 쓰다 남은 재고품을 쓰레기 처리 비용도 안 내고 한국에 투척했고, 박정희는 그에 대해 험프리 부통령에게 불만을 털어놓았던 것이다. 한국 병사들의 전투 수당은 남베트남 군이 미군으로부터 받는 전투수당보다도 적었고, 미군과 비교하면 4분의 1 수준도 되지 않았다. 브라운 대사는 한국 병사들의 급여 조정은 필요하다며 한국의 요구에 동의했다.*

한국의 안보 불안에 휴전선 철조망으로 화답한 미국

미 CIA 한국책임자 에드워드와 함께 전방을 시찰하다가 김형욱 중앙정보부장이 말했다.

"에드워드 씨, 같은 조국 땅이기는 하지만 휴전선 전체에 철조망을 죽 둘러치면 마음이 한결 편하겠구려. 북쪽 애들이 보통내기가 아니거든요."

"아니, 1백55마일(250km) 휴전선 전체에다가요?"

"하하. 너무 길어서 놀라는 거요? 아니면 내 조국의 허리에 으스스한 철조망을 치겠다고 하니 놀라는 거요?"

"부장님 스케일에 놀랐습니다."

"통일이 되는 날 내가 맨 먼저 달려와 헐어 버리겠소. 아시나요? 내 고향도 휴전선 저편에 있다오. 하지만 통일이 될 때까지는

---

* 최근 월남참전전우유공자 모임은 전투수당 90프로를 국가에 의해 도둑맞았다며 환불을 요구했다. 미국이 매월 500달러를 주었는데 50달러만 지급하고 450달러는 국고에 귀속시켜 기간산업에 투입했다는 것이다. 그들은 박정희 대통령 시절 스위스은행 비자금으로 600조 원이 입금이 되었는데, 그것은 파월 전우들의 피의 대가이므로 돌려달라고 했다.

우선 대한민국 국민의 생명과 안전을 보호해야 하지 않겠소?"

"나도 동감하기는 합니다만….'

얼마 뒤 에드워드는 미태평양지구 사령관이 막대한 양의 자재를 후원해 준다고 했다며 철조망을 가설하자고 연락이 왔다.* 미국이 휴전선 철조망 설치 요구를 쉽게 들어준 이유는 그래야 박정희가 추가파병에 쉽게 응하리라 계산했기 때문이었다. 1966년 11월 미국은 월남에도 한반도처럼 허리 부분에 DMZ를 설정해 철조망(장애물)을 두를 계획을 세웠다. 인력이 필요할 터이니 미국은 또 한 번 한국에 손을 벌릴 생각을 했다.

추가파병을 두고 벌어지는 밀당

1965년의 저자세와 달리 1967년이 되자 존슨은 '미국을 위해 병력파견을 요청하는 것이 아니고 개화된 국가 이익'의 시각에서 파병문제를 보아달라고 부탁했다. 1967년 11월 말 주한 미국대사로 부임한 포터는 한국이 월남파병에 대한 대가로 이러저러한 요구를 하는 것에 대해 백악관 안보보좌관 번디에게 이렇게 불평했다.

---

* 김경재, 앞의 『중앙정보부장 김형욱 회고록 혁명과 우상』, 207쪽.

'박대통령은 북한의 무장침투가 빈번한 것을 이유로 위험부담이 높다며 계속 판돈을 올리려고 할 것이다. 월남 파병을 마치 '알라딘의 램프'처럼 자기들의 꿈을 실현시키는 도구로 여기고 우리를 피곤하게 하고 있다. 우리가 염두에 두어야 할 것은 추가파병에는 '수확체감의 법칙'이 확실하게 작용한다는 것이다.(그러므로 한국에 크게 당근을 던질 필요는 없다.)'

존슨의 핵심참모 번디는 이렇게 회신했다.

'최대한의 한국군 추가파병이 필요하지만 '수확체감의 법칙'이나 '알라딘의 램프'는 회피하라.'

한국에 크게 당근을 던질 필요가 없다는 것에 그 역시 동의한다는 것이다. 그러나 웬걸, 며칠도 지나지 않아 포터 대사에게 화급한 전문이 도착했다.

'추가적인 한국군 파병을 화급하게 추진하라! 추가파병의 대가로 바라는 패키지가 무엇인지 최선의 판단 결과를 알려 달라!'

포터는 '알라딘의 램프'를 비벼대는 박정희 앞에 하기 싫은 심부름을 또 감당해야 했지만, 다행히도 양쪽 정상이 직접 만날 기회가 찾아왔다.

장례식장에서도 추가 파병 요구하는 존슨

1967년 12월 갑작스러운 홀트 호주 수상의 사망 때문에 한미 정상은 장례식에 참석차 호주에서 만나게 되었다. 역시나 화급한 추가파병이 중심 주제가 되었다. 존슨은 회담이 시작되자마자 박정희를 향해 이렇게 말문을 열었다. 그는 베트남 전쟁이 '우리들이 함께 수호해야 할 우리들의 전쟁'인 것처럼 말했다.

"우리가 빨리 월남에 추가병력을 보내야 합니다. 최근에 겨우 17일 만에 우리 미국은 군인 1만 명과 600톤의 물자를 월남으로 이동시켰어요."

"내년 초부터 김치가 월남에 도착한다고 하니 고맙게 생각합니다. 장병들의 사기가 틀림없이 높아질 것입니다. 추가파병은 북한으로부터 한국안보를 증가시킨다는 조건 하에서만 가능할 것입니다."

여유 있는 표정으로 박정희가 응대했다.

존슨은 다급했다.

"각하께서는 미국 측의 상응하는 조치를 믿으시고 신속히 파병해주셔야 합니다. 우리는 한국이 1개 사단을 보내주시기를 희망합니다. 한국에는 구축함 1척을 가급적 빨리 보내드리겠습니다. 1척을 더 보낼 수 있는지 참모들에게 검토해 보라고 하겠습니다. 속도가 가장 중요하니 각하께서는 부대이동을 고려해 주시기 바랍니다."

"아, 저도 전적으로 공감합니다만, 각하와 달리 저는 부대를 이동하기 전에 국회의 승인을 얻어야 합니다. 만일 미국의 약속이 확고하다면 국회를 다루기가 쉬울 겁니다."

"뭐가 필요하신데요?"

"내년 봄에 눈 녹기 전에 안보를 강화할 수 있는 장비가 필요합니다. 그것이 도착하면 내년 3월이나 5월까지 파병을 하지요."

"68년 1월1일까지 미국이 한국에 제공할 수 있는 장비의 총액과 인도 일자를 알려드리겠습니다. 그러니 각하는 3월 1일까지 군대가 월남에 도착하도록 해 주시기 바랍니다."

"그리 하지요."

"3월 1일입니다."

박정희는 여유 있게 몸을 돌려 국방장관 김성은에게 물었다.

"우리는 얼마나 빨리 월남에 부대를 도착시킬 수 있나?"

"일러야 4월입니다."

김성은이 느긋하게 말했다.

존슨이 발끈해서 말했다.

"그래서 대통령이 필요하다는 겁니다. 국방장관이 더 열심히 일하게 해야지요. 불가능한 걸 가능하게 만드는 게 대통령의 역할입니다. 가능한 일은 누가 못 하나요? 불가능한 일을 해 내는 게 유능한 대통령의 일이지요. 예를 들어 나는 주월 한국군에 김치를 제공하는 문제도 한국에 초계정를 보내는 문제도 모두 해결해 내었습니다."

"예, 무얼 할 수 있는지 1월 1일까지 답변 드리지요."

"우리는 10만 명을 추가로 모아 웨스트 모어랜드 사령관에게 보내주어야 합니다."

애가 닳아 강조하는 존슨에게 박정희가 덤덤하게 말했다.

"앞당기기 위해 최선을 다하겠습니다.'"

---

* 송승종, 앞의 『미국 비밀 해제 자료로 본 대통령 박정희』, 240~243쪽.

애끓는 심정으로 박정희에게 매달리는 존슨의 모습을 뒤로하고 돌아오면서 그는 무슨 생각을 했을까. 그러나 시간은 존슨의 뜻대로도 박정희의 뜻대로도 흘러가지 않았다.

청와대 습격 시도 이틀 뒤에 터진 푸에블로 사건

1968년 1월 21일 김신조가 남한을 발칵 뒤집어 놓았는데 48시간도 지나지 않아서 미해군 첩보 수집선인 푸에블로호가 원산 앞바다에서 북한 해군에 나포되어 백악관을 발칵 뒤집어 놓았다. 북에 붙잡히는 과정에서 미군 1명이 사망하고 남은 82명의 미해군 승무원들이 체포되었다. 미국은 공해(북위39도 25분 동경 127도 54분)라고 했지만 북은 12해리 이내(북위 39도 17분 동경 127도 46분)의 분명한 영해 침범이라고 주장했다. 푸에블로호는 붙잡힐 때 암호 장비를 급히 바다에 버렸다.

당일 미국은 급히 소련에 손을 내밀었다. 러스크 국무장관의 지시대로 톰슨 주 소련 미대사는 그로미코 소련 외무상을 만났다.

"제발 북한을 접촉해서 함정을 풀어주고 부상자를 치료할 수 있도록 해 주십시오."

그로미코는 침착했다.

"사태의 조기 해결을 원하거든 북한을 위협하거나 압력을 행사하지 마십시오. 북에 압력을 넣으면 해결은 늦어지고 방해를 받게 될 것입니다. 압박하지만 않는다면 모종의 조치가 취해질 가능성을 배제하지 않겠습니다. 미국도 푸에블로호 사건에 국가의 체면이 걸려 있다고 생각하겠지만 북도 마찬가지로 자기들의 체면이 걸려 있다고 생각할 것입니다. 게다가 자기 나라를 염탐하러 들어왔다 생각하고 심각하게 불쾌해 할 것이니 제발 평화적이고 조용하게 해결을 보아야 합니다."

톰슨 주소 미대사의 요청에 이어 다시 1월 25일 존슨 대통령은 친서를 소련의 코시긴 수상에게 전송했다.

'공해상에서 미국 함정을 납치한 것은 북한의 비이성적 사건입니다. 소련도 이런 만행을 용납하지 않겠지요. 세계평화가 양국의 공동이익에 부합되니 부디 북으로 하여금 푸에블로호와 승무원들을 석방하도록 압박해 주시기를 희망합니다.'

사흘 뒤인 1월 28일 코시긴 수상은 존슨 대통령에게 답변을 보냈다. 앞선 그로미코 외무상의 답변보다 더 날카로웠다.

'우리는 푸에블로호 사건에 대한 미국 측의 해석에 동의하지 않습니다. 우리가 입수한 첩보에 의하면 미국의 첩보 수집함인 푸에블로호는 공해상이 아닌 북한 영해에서 정보 수집을 하다가 나포되었습니다. 사정이 이러하니 어떤 경우에도 사태를 악화시켜서는 안 됩니다. 어이없게도 현재 미국 안에서는 남의 나라의 영해를 침범한 과오로 나포된 상황임에도 불구하고 정부의 지원 하에 소란 캠페인을 벌이고 있습니다. 우리가 보기에 이 사건을 해결하는 가장 간단하고 믿을 만한 방법은 성급한 행동에 나서지 않는 것이며 이래야만 비로소 조금이라도 유리한 분위기가 만들어질 것입니다. 제대로 이 문제를 해결하려면 북조선인민공화국의 주권과 독립성에 대한 완전한 존중이 필요합니다. 압력을 넣으려 한다면 문제는 더욱 복잡해질 것입니다.'

백악관에서는 하루에도 서너 차례씩 안전보장회의(NSC)가 열렸다. 존슨 대통령, 맥나마라 국방장관, 러스크 국무장관, 카첸바흐 국무차관, 헬름스 CIA국장, 로스토 특별보좌관, 버거 전 주한미대사, 외교정보자문위원 클리포드 등이 참석했다.

·미국은 푸에블로호 납치 당시의 정확한 지점을 알지 못한다.

·푸에블로호가 '실수'로 북한 영해에 진입했을 가능성도 있다.

헬름스 CIA 국장은 북의 납치 의도가 미국과 전쟁을 벌이는 월맹을 도우려는 것이라고 말했다.

·북에 나포되기 전 바다에 버린 암호장비의 회수는 대단한 위험이 따르므로 실행이 쉽지 않다.

·푸에블로호가 북한 영해를 침범했을 가능성은 50:50 이하이다. 가능성이 있다면 양질의 감청을 위해 더 가까이 다가가려고 노력하다가 우발적인 실수를 저질렀을 경우다.

·우선 한국의 보복 요구를 달래기 위해 최소한의 진정 조치는 있을 것이니 2~300대의 항공기를 한국 인접지역에 즉각 배치한다.

**미국이 오직 푸에블로 사건에 매달리고 있다는 것을
박정희에 알리지 마라**

긴급한 회의를 끝내고 대통령 특별보좌관 로스토는 존슨 대통령에게 제의했다.

'빠른 시일 내에 박 대통령을 만나되 북에 대한 대처 방법에 대해서는 말하지 말 것. 미국은 하나하나 차근차근 해결해 나아갈 것과 나중에 한미 회의에서 북한 침투 및 한국에 대한 군사원조 증가에 대해 논의할 용의가 있다고 전할 것. 우리가 오직 푸에블로 사건만 협의하고 있다는 것을 알리지 말 것.'

1월 27일 존슨 대통령은 합참의장 휠러를 통해 아이젠하워 육군대장에게 넌즈시 전화로 알아보았다.

① 미국은 원자폭탄을 사용할 준비가 되어 있는가?
② 민간인 피해가 발생하지 않는 지역에서 핵무기가 사용될 수 있는가?

아이젠하워 대장은 어떤 대안도 고려할 수 있다며 중국, 소련이 핵 재앙이 벌어질 위험이 있는 한반도에 개입할 가능성은 낮을 것이라고 했다.*

---

* 5월에 미 합참은 핵무기 사용 계획 'freedom drop'을 세웠다. 핵무기 사용 계획은 나중에 승인 철회되었다.

포터 주한 미대사는 불만을 터뜨렸다.

"아무리 눈치가 없더라도 그렇지. 청와대 습격사건 직후라면 푸에블로호 같은 정보 수집함은 북한 인접 해역에 가까이 가게 해서는 안 되는 것이었다. 그처럼 위험한 모험을 할 필요가 대관절 어디 있단 말인가?"

박정희의 분노가 극에 달하다

박정희는 북에 쩔쩔 매며 질질 끌려가고 있는 미국을 이해할 수 없었다. 아니, 박정희가 최고의 친구이며 한국을 혈맹이라고 반색을 할 때는 언제고, 이 나라의 대통령인 내가 목숨을 위협받는 사건이 일어났는데도 본체만체 하고 자기네 승무원 구하는 일에만 저리도 열심이라는 말인가? 대체 북한하고 비밀리에 협상하겠다는 건 무슨 말인가?

박정희는 분노로 몸 둘 바를 몰랐다. 푸에블로호 나포 다음날인 1월 24일 박정희는 포터 대사를 불러 추궁했다.

"내 목을 노리고, 당신들 배를 납치한 이 어마어마한 사건을 앞에 두고 당신들은 당장 보복하지 않고 뭐하는 거요? 이 두 사건을 유엔 안보리에 회보해서 한국전 참전 국가들이 방위 공약을 재확인해야 할 것 아니냔 말이요! 북으로부터 '사과와 배상'을 받을 생각을 하지 않고 우리 한국 정부가 보복할까봐 더 걱정을 한다는 말이요?"

포터는 침착했다.

"국제 환경이 변화했기 때문에 휴전협정의 재확인을 지지하기 위한 만장일치 선언이 성사될 가능성이 높지도 않으려니와 바람직스럽지도 않습니다. 또 유엔에서 한미의 입지에 대한 국제적 지지가 부족하기 때문에 북한과 공산국가들에게 공격의 빌미를 줄 수 있습니다."

박정희가 다시 목청을 높였다.

"나는 한 방에 이놈들을 깡그리 없애버리고 싶은 마음이 굴뚝같소. 그렇게 하지 않으면 이들이 반복해서 침투해 많은 목표물을 공격할 거요. 만일 당신들이 푸에블로호 납치에 대해 사죄와 보상을 받지 못한다면 한미는 북한 공군력을 먼저 무력화한 다음 동해안을 따라 북한 함정을 타격해야 한단 말이오. 우리는 기꺼이 협조할 것이요."

포터는 다혈질의 이 남자를 다루는 법을 잘 알고 있었다.

"각하의 친구인 존슨 대통령께서는 각하가 북한에 일방적 보복을 하지 않을 것이라고 다짐했다는 보고를 받으면 기뻐하실 겁니다. 북한의 도발로 상심한 가운데에서도 각하가 어려운 시기에 자제력을 보여주셨다는 점에 대해 미국 정부와 비공산 국가들로부터 높이 평가받게 되실 겁니다."

박정희는 포터의 어르기에 더욱 분노가 터졌다.

"우리는 뭔가 조치를 취해야 해요. 우리가 북에 보복조치를 취하더라도 중공은 내부 사정으로 인해 자기들 영토에 아무런 위협도 없을 것을 알게 되면 반발하지 않을 것이오."

1월 25일 미국정부는 오로지 박정희의 거센 보복 요구를 누그러뜨릴 목적으로 250~300대 가량의 항공기를 한국과 인접지역에 즉각 배치하기로 했다. 미국은 '최소한의 진정효과'는 있을 것이라고 기대했다.

판문점에서 북·미 비공개 협상 시작

1월 21일 김신조 사건이 일어난 지 열흘이 지났건만 미국은 그에 대해 일언반구 없이 2월 2일부터 판문점에서 북한과 비공개

---

* 송승종, 앞의 『미국 비밀 해제 자료로 본 대통령 박정희』, 268쪽.

협상을 시작했다. 북측 대표 박중국은 "미국이 푸에블로호를 남의 영해로 들여보냈으면서도 사과는 커녕 군대를 앞세워 우리들을 위협한다"고 날을 세웠다. 핵추진 항모를 비롯한 미7함대가 북측 인근 해역에 집결하고 있는 것에 대해 박중국은 날카롭게 그러나 대단히 차분하고 공손하고 여유 있는 태도로 말했다.

그러자 미국 협상팀을 이끌고 있던 버거는 러스크 국무장관에게 "북한 인근 해역에 진주하고 있는 엔터프라이즈 항모단을 남쪽으로 이동시키라"고 전했다. 수백 대의 항공기를 배치한 것은 시급히 박정희를 진정시키기 위한 제스처였기 때문에 북의 요구대로 치워주는 것은 어렵지 않았다. 그뿐 아니라 박중국은 1964년에 미국 헬기가 북한 영공으로 침범해서 범죄적 간첩행위를 하다가 추락한 사실도 인정해야 한다고 했다. 북은 호락호락하지 않았다.*

2월 4일, 존슨은 북쪽과는 조심스러운 협상을 하는 한 편 박정

---

* 북미 간의 협상은 11개월을 지속하다가 그해 말 23차 회담에서 북이 미국의 사과를 받아들이고 승무원을 돌려주는 것으로 막을 내렸다. 그러나 1968년 12월 23일 사과를 하고 승무원을 돌려받은 미국은 3개월이 조금 지난 1969년 4월 14일 또 한 번 곤욕을 치러야 했다. 북한 지역을 정찰 중이던 해군소속 EC-121기가 북의 미그기에 격추되어 총 31명의 승무원이 전원 사망한 것이다. 새로 들어선 닉슨 행정부는 대화와 협상을 통한 전쟁 종결, 소위 '닉슨 독트린'을 통해 월남전을 종결시키려 했기 때문에 그에 대해 군사적 대응을 하지 않기로 했다.

회에게는 친서를 보내어 진정시켜야 했다.

'각하와 각하의 가족을 암살하려 했던 시도는 최근 들어 가장 충격적인 만행입니다. 말할 수 없이 극악한 음모가 실패로 돌아갔으니 얼마나 다행인지 하나님께 감사드립니다. 북의 도발에 맞서 한국군 장비를 강화하는 방안을 긴급히 고려하겠습니다.'

박정희가 이 친서를 받고 얼마나 기뻐했는지, 포터는 본국에 이렇게 보고했다.

'박대통령은 각하의 친서에 깊은 감동을 받았습니다. 저는 지금까지 이렇게 박정희가 감동을 받는 모습을 본 적이 없습니다. 가끔 그를 미소 짓고 웃게 만들 수는 있지만 존슨 대통령의 친서처럼 박정희 대통령의 감동을 요동치게 할 수 있는 건 드뭅니다. 박대통령은 북이 노리는 목표는 미국을 능멸하는 것이며 '미국의 위신은 한국의 위신'이라고 말했습니다. 그는 북의 도발에는 반드시 응징이 따른다는 것을 알게끔 한국과 미국의 단호한 입장을 보여주어야 한다, 이것이 북의 도발을 막는 유일한 수단이다'라고 말했습니다.*

  그 무렵 미국 본토는 베트남전 반대운동과 흑인 민권운동으로 시끄러웠다. 미국은 한반도에서 군사적으로 시끄러워지는 것을 절대로 원치 않았다. 미국은 청와대 습격사건은 안중에도 없이 2월 2일부터 한국을 배제한 채로 부랴부랴 푸에블로호를 놓고 비밀, 비공개 회담을 이어갔다. 미국은 푸에블로호 함정과 승무원의 석방을 위해 최대한 힘을 기울여야 했다. 그런데 남과 달리 미국에게 북은 절대로 만만한 상대가 아니었다.

  존슨의 친서를 받은 뒤의 기쁨은 잠시, 박정희 분노의 불길은 더욱 더 활활 타 올랐다. '나를 무시하고 북하고 은밀하게 협상을 해? 미국이 이렇게 나온다면 월남 파병부대를 일부 철수시킬 수도 있다. 미국의 대북 협상태도는 절대로 있을 수 없는 일이다. 적과 대화를 해서 문제를 풀려고 한다니 도대체 이런 전술이 북에 먹혀 들어갈 것으로 생각한단 말인가?'

  이런 박정희의 생각은 곧 미 본토에 전해졌다. 미 국무부는 포터 주한 미대사에게 이렇게 지시를 내렸다.

* 송승종, 앞의 『미국 비밀 해제 자료로 본 대통령 박정희』, 274쪽.

"월남 파병부대 중 일부를 철수시키겠다는 소문이 한국에서 나돌고 있는데 이런 소문에 워싱턴의 심기가 대단히 불편하다고 분명하게 전달하시오."

미국은 한 손에는 채찍을, 한 손에는 당근을 교대로 사용해야 했다. 존슨이 박대통령을 달래기 위해 3,200만 달러의 대 침투 패키지, 구축함 2척, 8인치 자주포 대대, UJ-1D 공격헬기 중대, 한국군에 1억 달러 추가 지원을 제공하겠다고 친서를 보낸 같은 날, 본스틸 주한미군 사령관은 샤프 태평양 사령관에게 전문을 보냈다.

'박정희는 갈수록 비합리적 행태를 보이고 있다. 거의 비이성적으로 당장 북한을 공격해야 한다고 난리다. 즉각 보복을 위한 계획을 세우라는 지시가 내려졌다는 징후가 포착된다. 박정희 대통령의 병적인 충동이 '정신 나간 짓'으로 보일지라도 우리는 그에게 전혀 아무런 언질도 주지 않았다. 한국군 지도부는 겁을 먹고 있다. 한국군 지도부는 요즘 이상한 나라의 앨리스에 나오는 '미치광이 해터의 비정상 티파티'(동화 〈이상한 나라의 앨리스〉에 나오는 모자장수 해터의 집에서 열리는 횡설수설하는 난장판 파티.) 같은 분위기 속에 있다. 이들은 미국의 진정한 도움이 없으면 자기들이 생존하지 못할 것을 잘 알고 있다. 한국이 고의로 전쟁을 도발할 경우

미국은 한국을 방위할 책임이 없다. 한국은 난잡한 감성주의로 적개심을 의도적으로 부추기고 있다'

샤프 태평양사령관은 이렇게 답신을 보냈다.

'우리는 군사적 방법으로는 푸에블로호 승무원의 생환을 보장받지 못한다는 것을 알고 있으며 한국 측은 우리의 신중하고 의도적인 결정을 방해할 것이므로 함께 논의하지 않을 것이다. 또한 군대의 전 역량을 월남에 투입하고 있으므로 한국이 원하는 전쟁에 끌려들어갈 생각도 전혀 없다. 그건 우리의 의무가 아니다.'[*]

주한미군 사령관, 태평양군 사령관은 박정희 등 뒤에서 박정희와 각료들이 얼마나 비이성적으로 정신없이 구는지 손가락질을 하고 있었다. 박정희의 히스테릭한 분노는 꺼지지 않았다. 2월 초 연달아 포터 주한 미대사를 불러 다그쳤다.

"한미 양국은 적과 전 세계를 대상으로 북이 한국에 도발을 하면

---

[*] 송승종, 앞의 『미국 비밀 해제 자료로 본 대통령 박정희』, 227~279쪽.

반드시 보복을 해서 두려움에 떨도록 할 것임을 분명히 밝혀야 하오. 북한 게릴라 훈련 캠프를 타격해야지요. 이 훈련소들을 쓸어 버려도 전쟁은 결코 일어나지 않을 거요!"

박정희는 포터 대사에게 북이 가지고 있는 소련제 MIG-21은 버튼만 누르면 이륙하는데, 미국이 한국에 준 F-5는 보조 장비가 없으면 시동도 걸지 못한다며, 그런데도 우리에게 가만히 앉아 공격을 기다리는 건 참으로 한심한 일이라고 퍼부었다. 포터 대사는 미국에 전문을 보냈다.

'한국에 고삐를 채워야 하는 가장 중요한 문제에 대해, 우리는 북진의 필요성을 주장하던 이승만에게 그랬듯이 박정희에게도 '(발언) 금지명령'을 내려야 할 필요가 있는지 검토해볼 필요가 있다.'

박정희의 분노가 가라앉을 기미가 안 보이자 존슨은 2월 9일 특사로 밴스를 한국에 보냈다. 밴스가 부여받은 지침은 '박정희를 다독여 푸에블로호 함정 승무원이 풀려난 이후에도 한국을 버

* 송승종, 앞의 『미국 비밀 해제 자료로 본 대통령 박정희』, 297쪽.

리지 않을 것이며 더 강력한 군사 태세를 유지할 것을 알려주라'
는 것이었다.

밴스 특사 파견 - 박정희의 분노를 가라앉혀라

평소에 박정희를 한심하게 여기고 있던 러스크 국무장관은 따
로 밴스에게 지침을 주었다.

'DMZ에서 북이 침투 도발을 강화하는 의도는 첫째, 한국인들에
게 공포심을 주입하여 월남 파병부대의 일부를 복귀시키거나 추
가파병을 억제하는 것이고, 둘째, 한국의 사회적 경제적 발전을
방해하는 것이다. 보복의 유혹이 있겠지만 이것으로 얻을 수 있
는 것은 없다. 양쪽 군사력이 너무도 강력해서 부딪히면 크게 피
해를 입은 뒤에야 원점으로 돌아올 것이다. 이런 것은 한미 누구
에게도 이익이 되지 않는다. 성급한 결정을 하지 않도록 설득해
야 한다.'

밴스가 도착한 2월 11일. 밴스의 방문 목적을 눈치 챈 박정희
는 일요일이라며 만남을 거절하고 청와대 경호실 지하사격장에

서 소총과 권총으로 사격 연습을 했다. 다음날 밴스를 만난 박정희는 1.21 청와대 공격미수에 그친 북한 특수 부대의 근거지를 포격하자고 강력하게 요구했다. 예일대 법대를 나온 동안의 변호사 밴스는 탁월한 능력을 인정받은 분쟁 조정가였다. 그는 묵묵히 말을 경청하는 스타일이었다. 박정희의 말을 듣고나서 밴스는 이를 부드러운 어조로 거부했다.

밴스의 구두 보고 - 재떨이로 영부인 때리는 박정희

한국에서의 4박 5일을 마치고 2월 15일 미국에 돌아간 밴스는 도착하자마자 험프리 부통령, 러스크 국무장관, 맥나마라 국방장관, 카첸바흐 국무차관, 휠러 합참의장이 동석한 자리에서 존슨 대통령을 만났다.

존슨이 그에게 인사를 건네며 물었다.

"박정희 대통령이 뭐 때문에 그렇게 화가 나 있나요?"

"우리가 청와대 공격에 대한 보복 공격을 허용하지 않았기 때문에 굉장히 분노하고 있습니다. 개인적으로 모독을 당했고 체면이 손상되었다고 생각합니다. 청와대 300미터 앞까지 왔다고 말이지요."

존슨이 물었다.

"그래서 우리를 비난하던가요?"

밴스가 말했다.

"예. 공비들이 경비망을 뚫고 들어왔기 때문에 박대통령이 대단히 놀라고 분노해서 강력히 보복하려고 들었습니다. 그런데 포터 대사가 막았지요. 한국인들은 푸에블로호에 대해서도 굉장히 화가 나있어요. 미국이 원산에 쳐들어가길 바랐는데 안 그러니까 미국의 체면이 상했다고 보는 겁니다. 한국 국방장관(김성은)은 정말 위험한 인물입니다. 휘하에 엘리트 침투부대를 조직해서 국경을 넘어 북한 지역을 습격하고 있습니다. 그러니까 남북이 서로서로 헐뜯고 비난하지요.

박대통령이 일방적 보복조치를 취하는 건 굉장히 위험합니다. 그런데 박대통령이 전국을 휘어잡고 있고 아무도 그가 듣기 싫어하는 걸 말하려고 하지 않아요. 박대통령은 감정 기복이 매우 심하고 과격하며 과음을 합니다. 그는 위험하고 불안한 사람입니다. 종종 재떨이를 영부인과 참모들에게 날리기도 한다더군요. 총리(정일권)는 좀 나은 편입니다. 본스틸 사령관이 한국의 육해공군 총장들을 불러서 만약 한국군이 함부로 움직이면 주한미군 철수를 건의하겠다고 으름장을 놓았더니 총장들이 조용히 듣고 있더랍니다."

존슨이 말했다.

"그건 다행이고 감사한 일이군요."

밴스가 고개를 저으며 말했다.

"그런데 박대통령은 만일 또 다시 북한이 심각하게 도발해 오면 격식을 갖추기는 하겠지만 우리와의 협의는 형식적으로만 하겠답니다. 다시 말하자면 자기 뜻대로 보복공격을 하겠다는 거지요. 그가 어깃장을 놓는 마음으로 한국 부대를 월남에서 철수하면 우리는 주한미군을 철수시킬 것이라고 분명히 말했습니다."

존슨이 말했다.

"잘 하셨어요."

밴스가 말했다.

"과거 한국은 미국의 자랑거리(showcase)였지만 우리는 이제 현실을 직시해야 합니다. 더 이상 완벽한 자랑거리는 존재하지 않습니다."

"박대통령은 우리에게 무얼 원하던가요?"

존슨이 물었다.

밴스가 답했다.

"기다란 목록을 내어 놓았습니다. F-4 전투기 6개 편대, 대침투

부대 지원예산 100만 달러, 활주로 4개, 원조 규모 대폭 증가, 현재 한국에 배치된 항공기 철수 불가 등 돈으로 치면 약 5억 내지 10억 달러어치입니다."

존슨이 물었다.

"북이 최근 일 년간 600회나 한국을 공격했다는데 어떻게 생각하나요? 피해가 컸습니까?"

밴스가 답했다.

"청와대 습격을 제외하면 별로 그렇지 않습니다."

존슨이 물었다.

"북한 게릴라가 미국대사도 노렸나요?"

밴스가 고개를 저었다.

"그들이 포터대사를 노렸다는 이야기도 있지만 한국 중앙정보부와 수사관들이 미국을 자극해서 행동에 나서도록 정치적 압력을 넣으려고 생포된 게릴라에게 그런 자백을 강요했다고 합니다."

카첸바흐 국무차관이 물었다.

"그 사람들은 여전히 우리가 (푸에블로호가 나포된) 원산에 쳐들어가야 한다고 생각합니까?

밴스가 답했다.

"예. 그들은 무슨 일이 벌어지면 조치해야 된다며 목록을 보여 주었습니다."

존슨이 한심스럽다는 표정으로 물었다.

"박대통령은 소련이나 중공이 어떻게 나올지는 도대체 생각하지도 않던가요?"

밴스가 답했다.

"박대통령은 북한이 1970년까지(2년 안에) 남한을 집어삼키려는 것으로 확신합니다. 만일 다시 북한이 청와대를 공격하려 한다면 반드시 보복할 것이며, 많은 피를 흘리게 될 것이고, 많은 사람이 고통과 괴로움을 당할 것이라고 하더군요."

동석한 맥나마라 국방장관이 물었다.

"한국은 북한에 얼마나 자주 공격합니까?"

밴스가 답했다.

"한국은 북한을 한 달에 두 차례씩 공격하고 있습니다. 최근에는 북한군 사단 사령부를 급습했습니다. 늦어도 3월까지 DMZ를 넘어 북한을 공격하려는 계획을 갖고 있습니다.('실미도' 부대 침투 공작을 말함.) DMZ 일대의 각 사단에서 200명 정도의 대침투 요원들을 훈련시키고, 이 요원들이 또 다른 부대에서 병사들을 훈련시키고 있다고 합니다."

러스크 국무장관이 물었다.

"DMZ 일대에서 남북 간에 약 570회의 습격이 발생했다는데, 만일 한국군이 북한을 공격했다는 첩보가 알려지면 우리의 입장이 곤란해지지 않을까요?

밴스가 답했다.

"제가 받은 보고서에 의하면 한국군이 작년(1967) 10월 26일부터 12월까지 두 달 안 되는 사이에 11회 북을 습격한 것으로 되어 있습니다."

험프리 부통령이 물었다.

"언제부터 한국군이 기습작전을 시작했나요?"

밴스가 답했다.

"1년 전부터 계속 이래 왔던 것으로 보입니다."

존슨이 물었다.

"남쪽에서 기습작전을 펴는 이유는 무엇입니까?"

휠러 합참의장이 대답했다.

"북에 대응한다는 구실이지요."

밴스의 서면보고 - 이진삼의 습격이 청와대 습격 불렀다

밴스는 구두 보고를 마친 뒤 별도로 보고서를 작성해 다음날 존슨대통령에게 제출했다.

'DMZ를 넘어 한국군이 북한을 기습하는 것을 대다수의 한국인은 물론이고 정부 각료들도 모르고 있다. 이들의 활동이 한국 정부 내에서도 극비로 되어 있었기 때문이다. 지난 7개월간 한국군은 월 평균 2회 꼴로 작전을 수행했는데, 이번 1.21 청와대 습격 시도도 두 달 전인 11월 북한 인민군 사단사령부 습격 사건에 대한 보복이라는 것을 한국 측에 암시해 주었다. 12명의 한국군 특수 대원들이 인민군 사단사령부를 폭파시켜 수십 명을 사살하고 한 명의 사상자도 없이 돌아왔다. 우리는 한국군의 습격이 김일성에게 징벌적 효과를 미쳤다는 증거가 없음을 지적했다.

한국은 박대통령 1인이 통치하고 있으며 어느 관리도 박정희 심기를 건드리려 하지 않는다. 한국 국방장관(김성은)은 충동적이고 자신의 정책이나 행동이 미칠 수 있는 정치적 군사적 파급 효과를 이해할 능력이 결여되어 있다. 박대통령과 한국 각료들은 북이 정전협정을 위반할 경우 미국이 '즉각적인 응징, 보복행위'에 개입할 것을 약속하는 '보복정책 합의'와 한미상호방위조약 조건의 확대하자는 제안을 했지만 이를 거부했다. '자동적 보복행위'를 약속하는 비밀 회의록에 합의할 것 등도 요구했지만 본인은 이를 모두 거부했다."

이진삼은 후일 김신조와의 대담에서 도발에는 수개월이 필요한 것이므로 자기의 습격이 원인이 되어 김신조 일당이 내려온 것은 아니라고 발뺌했다. 바로 두어 달 전에 북으로 올라가서 30여 명을 죽이고 돌아온 자의 변명으로는 참으로 구차하다. 그에 대해 거액의 하사금을 내렸던 박정희의 뻔뻔함 역시 상상을 초월한다. 어찌 보면 이렇게 뻔뻔스러운 내로남불 사고방식이 모든 전쟁의 원인인지도 모른다.

---

* 송승종, 앞의 『미국 비밀 해제 자료로 본 대통령 박정희』, 265~308쪽 발췌.

5. 박정희의 복수극

"북을 응징해야겠어"

박정희는 김신조 사건 직후 중앙정보부장 김형욱을 불렀다. 김형욱이 소응접실에 들어섰을 때 실내는 담배연기로 숨이 막힐 지경이었다. 재떨이에는 담배 한 갑을 다 피운 듯 담배꽁초들이 수북이 쌓여 있었다. 박정희는 상황에 따라 담배 피우는 모습이 달랐는데 누군가에게 불타는 증오를 품고 있을 때는 필터를 자근자근 씹어 피웠다. 그날, 박정희는 필터를 자근자근 씹어 피우고 있었다. 잠도 제대로 못 잔 듯 눈에는 핏발이 서 있었다. 김형욱은 박정희를 아주 가까이에서 7년 이상 보아 왔지만 이토록 험악한 얼굴은 처음이었다.

"이봐, 형욱이. 내가 분해서 잠을 이룰 수가 없네. 즉각 북을 응징해야겠어. 빠를수록 좋아. 육해공 모두 총 동원해서 김일성 거처와 북한124부대를 습격할 수 있는 특수부대를 준비하게.”

“예. 알겠습니다.”

“그리고 미 CIA랑 미군 사령관이랑 좀 만나 보라구. 아니 어떻게 휴전선을 방어하기에 그렇게 쉽게 뚫리냔 말이야. 그놈들은 책임감도 안 느끼나?”

“지금 한참 푸에블로호 때문에 그들도 정신이 없나 봅니다.”

“멍청한 것들, 속전속결 모르나? 눈에는 눈! 이에는 이! 얼른 응징해얄 것 아니야!”

“미국도 복잡한 사정이 있는 듯합니다.”

“그게 뭔데?”

“미국 내에서 반전 움직임이 점점 세지고 있는가 봅니다.”

“미국 안에도 빨갱이들이 있는가 보군.”

“베트남 참전 용사회에서도 반대를 하고 있고….”

“뭐야? 미친놈들 아니야?”

“마틴 루터 킹 목사라는 자도 반대에 나서고 있습니다.”

“목사라는 놈이?”

“예. 흑인민권운동가이고 몇 년 전에 노벨평화상을 받은 작자인데 ‘전쟁에 쏟아 붓는 막대한 돈이 실은 미국의 가난한 사람들에게 쓰여야 할 돈'이라고 한답니다.'"

"정말 이해할 수 없는 나라군. 존슨 대통령도 골치가 아프겠구만. 그래도 그렇지 어떻게 내가 죽을 뻔 했다는데도 즉각 응징에 나서지 않는 거냐구. 아무래도 안 되겠어. 임자만 믿겠네. 확실하게 맛을 보여주란 말이야!"

"예. 알겠습니다. 그런데 아무래도 이 문제에 대해서 미국의 협조를 얻기는 힘들 것 같습니다."

"어째서 그런가?"

"미국은 김신조가 내려온 원인을 두어 달 전 이진삼의 공격 때문이라고 생각하고 있답니다. 그러니 우리를 돕는 것이 껄끄럽겠지요. 게다가 지금 푸에블로호 때문에 미국은 정신이 없어 보입니다. 모두 그 일 때문에 코가 빠져 있어요."

"그럼 우리끼리 알아서 하면 될 거 아니야! 청와대가 습격을 당했는데 가만히 있으면 저것들은 우리를 또 어떻게 보겠느냐 말이야. 만만히 보고 자꾸 또 시도할 거 아니겠어?"

"응징하고 보복하고…. 꼬리에 꼬리를 물고 악순환이…."

---

* 마틴 루터 킹(Martin Luther King Jr., 1929~1968) 목사는 그렇게 반전 발언을 시작한 다음 해인 1968년 4월 암살되었다.

"시끄럽네. 그러니까 확실하게 응징을 하란 말이야!"

자칫하면 또 재떨이가 날아올 판이라 김형욱은 알았다 말하고 얼른 자리를 나왔다.

세상에나…. 미국은 박정희의 목숨이 위태로웠다는 그 사실을 아예 머릿속에서 지워 버린 듯 했다. 박정희는 배신감에 치를 떨었다. '내게 월남 파병을 엎드려 사정할 때는 언제고…. 나를 상전처럼 받들더니…. 대체 이게 뭐란 말인가. 그 미소가 가짜였다는 거야? 그 친절이 거짓이었다는 거야? 나를 이렇게 하찮게 여겨왔다는 거야?' 스스로를 미국 대통령보다 더 높은 존재라고 여겨왔던 자존심이 땅바닥에 내동댕이쳐졌다. 그는 안절부절 못했다. 살면서 이토록 비참함을 느끼게 될 줄이야. 그의 분노는 하늘을 찔렀다. 얼마 전 북을 공격한 이진삼에게 두둑한 하사금을 준 사실은 이미 하얗게 기억에서 지워져 있었다.

박정희를 '멘붕'에 빠뜨린 존슨의 폭탄 선언

존슨은 머리가 터질 것 같았다. 1월에 푸에블로호가 북한의 영해를 침범했다는 이유로 나포되었다. 박정희는 이틀 전의 청와대 습격 시도를 포함한 북한의 도발에 대해 당장 북을 응징하지 않는다고 난리를 쳐대고 있었다. 자기네가 두 달 전 북을 자극해서 자초한 일이라는 원인 따위는 생각하려 들지도 않았다. 도무지 자기성찰이 불가능한 작자다. 그런 작자에게 파병을 끊임없이 사정해 왔던 자신이 한심스러웠다. 극심한 스트레스에 시달리던 존슨은 1968년 3월 31일 밤, 11월의 대통령 선거에 도전하지 않겠다고 선언했다. 이어서 4월에는 월맹과 협상을 통한 해결책 모색을 위해 폭격을 중단하겠다고 선언했다.

박정희는 존슨의 차기 대선 불출마 선언에 땅이 꺼질 듯 큰 충격을 받았다.

'대선 불출마도 이해할 수 없는데 베트남전쟁에서 폭격을 중단하고 협상을 모색한다고? 세상에 이럴 수가? 불과 며칠 전에 정일권 총리를 포터에게 보내 이미 합의한 1개 경전투 사단 외에도, 2개 전투 사단을 추가로 파병할 수 있다고 전하지 않았던가 말이다!* 아니, 어떻게 내게 알리지도 않고 대통령 직을 포기할 수 있단 말인가. 어떻게 내게 알리지도 않고 전쟁을 중단할 수 있지? 나한테 알리지도 않고! 내게 상의도 안 하고!'

손아귀에서 가지고 놀던 아름답고 귀한 보석이 한 순간에 재

---

* 송승종, 앞의 『미국 비밀 해제 자료로 본 대통령 박정희』, 249쪽.

로 변한 듯한 상실감이 박정희의 무릎을 꺾어 놓았다. 손아귀에서 굴리던 광채 나는 보석 덕분에 박정희 자신도 제 얼굴에 반사되는 그 빛이 자기 것인양 으스대지 않았던가. 이렇게 서운할 수가. 이렇게 허무할 수가…. 손아귀에서 굴리던 화려한 보석이 사라졌으니 박정희는 나라 안에서도, 나라 밖에서도 다른 무엇인가를 준비해야 했다.

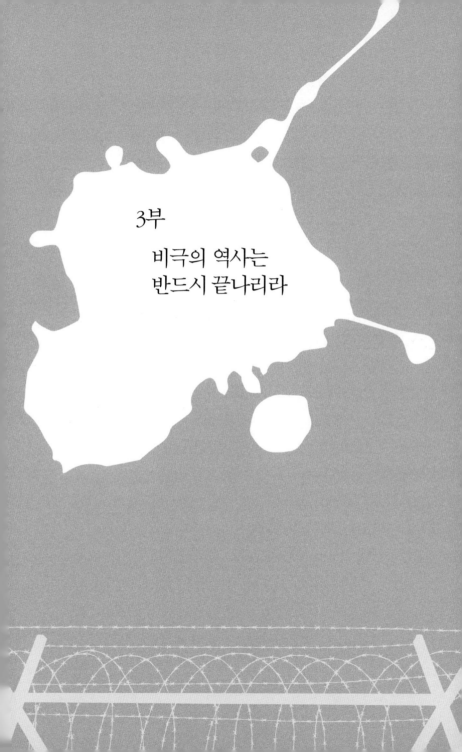

3부

비극의 역사는
반드시 끝나리라

1. 중앙정보부와 공군 2325 정보부대가 바빠졌다

중앙정보부, 공군 2325 전대에게 명하다

김신조 사건 직후 박정희로부터 빠른 응징, 보복을 지시받은 김형욱은 중앙정보부로 돌아와 이철희 제1국장을 책임자로 임명한 뒤 육해공 참모총장, 해병대 사령관을 소집했다.

"보복작전을 준비해 주시오. 비행기로 야간고공 침투해서 폭탄을 터뜨릴 것이며, 육군 등 형무소 사형수들과 30여 명의 죄수를 공급해 줄 테니 공군에서 훈련시켜 주시오."

침투 훈련을 명령받은 공군 2325부대 정보부대공작과에 공작원 모집책임이 떨어졌다.

1968년 4월 2일. 화요일 아침. 출근 시간이라 역 앞은 북적거렸다. 공작과의 문관(민간인 물색망) 박○○와 한○○은 대전역 앞의

TMO(국군철도수송지원반/육해공군의 철도 이동을 지원해주는 사무실)에 앉아 날카로운 눈초리로 밖을 주시했다.

"한 선생, 어제 본부에 들렀었지요? 교도소에 간 이인영하고 김세찬에게서는 소식이 있던가요?"

박이 옆자리의 한에게 물었다.

"예. 김세찬 말이 부산, 대구, 광주 교도소에서 중형자를 물색했는데 교도소 죄수들은 소재지가 확실하기 때문에 가족들과 연락이 잘 되고 있다는 겁니다. 그래서 북파 시킨 뒤에 희생되면 가족들한테 시체도 못 넘겨주고 법무부가 입장이 곤란해진다는 거지요. 그래서 법무부에서 허락을 안 한다는구먼요."

"그럼 육군, 해군 교도소로 간 이인영은 어때요?"

"이인영도 비슷한 답을 가지고 왔더래요. 가족들은 시체라도 반드시 찾아가기를 원하기 때문에 거기도 신원이 확실하고 소재지가 확실한 애들은 빼줄 수가 없대요."

"그럼 죄수 30여 명을 공급해주겠다는 중앙정보부 말은 무책임한 뻥이었다는 건가요?"

박이 한을 쳐다보며 어이없다는 듯이 물었다.

"결국 그런 셈이지요. 박통이 난리를 치니 중정 멧돼지가 난리를 치는 거고 그래서 지금 우리한테 대책 없이 발등에 불이 떨어진 거지요. 윗대가리들이야 뭘 알겠어요. 전국 교도소 형편 알아보느라고 벌써 시간이 많이 흘렀잖습니까. 박통은 지랄지랄 할텐데…. 원래는 3월말까지 모아 바로 훈련시키라 했다잖소."

한이 한숨을 쉬며 말했다.

"그래서 우리한테 열흘만에 길 위에서 30여명을 모아서 14일경에는 데리고 들어가라고요?"

박이 걱정스럽다는 듯이 물었다.

"아니, 서울 북쪽으로도 한 팀이 작업을 할 테니 우리는 이쪽에서 열다섯 명쯤 모으면 됩니다. 시일이 촉박한 대신 공작금은 풍족하게 주겠다더군요. 이게 박 선생 몫입니다."

한이 주머니에서 두툼한 봉투를 꺼내어 박에게 전했다.

"14일이면 열흘 남짓이네요. 경찰서에도 협조 요청은 해 놓았습니다. 체육관 같은데도 알아봐야 하고, 구두닦이나 길에서 건들거리는 애들…. 잘 살펴보자고요."

"그럼 나는 오늘 체육관으로 가 보겠습니다. 한 선생은 역 앞에오가는 애들을 잘 살펴보시지요."

박은 받은 봉투를 안주머니에 넣고 부리나케 자리에서 일어나체육관으로 출발했다.

체육관 이층에서는 복싱장에서 틀어 놓은 음악 소리와 복싱 연습하며 내지르는 거친 소리들이 뒤섞여 흘러나왔다. 나무 계단을 올라가는데 누군가가 후다닥 뛰어내려오며 박을 밀쳤다. 박은 뒤로 젖혀졌는데 순간적으로 난간을 잡아 균형을 잡았다. 운동신경이 둔했다면 자칫 굴러 떨어질 수도 있었다. 상대는 머리를 짧게 깎고 까만 얼굴이 기름한 스무 살 남짓 되는 청년이었다.

"어이! 너 거기 서!"

"아유, 씨펄, 급해 죽겠는데."

"아유, 씨펄? 너 지금 날 밀치고도 그런 소리가 나오냐?"

"큰일 난 것두 아닌데 뭘 그러슈?"

"야, 너 나하고 얘기 좀 해야겠다."

박은 청년을 건물 옆 골목으로 이끌었다.

"야, 너 몇 살인데 그렇게 버릇이 없냐?"

"근디 버릇 어쩌구 하시는 아저씨, 아저씨가 언제 나 밥 멕여 키우셨슈?"

카랑카랑한 소리가 따발총처럼 터져 나왔다. 청년은 한 손을 바지 주머니에 꽂아 넣고 한쪽 발을 건들건들 흔들며 아니꼽다는 눈초리로 박을 쳐다보았다.

"어쭈? 이 자식이…."

박이 팔을 치켜드는 자세를 취하자 청년은 재빨리 박의 배를 거냥해서 주먹을 뻗었다. 그러나 박도 만만치 않았다. 얼른 몸을 피하면서 청년의 팔을 나꿔 채 공중으로 한 바퀴 돌리고 바닥에 메어꽂았다. 청년이 주춤주춤 바닥에서 몸을 일으키더니 박 앞에 그대로 무릎을 꿇었다. 박은 조용히 청년에게 손을 내밀고 따라오라고 일렀다. 중국집으로 들어간 박은 칸막이가 있는 자리를 택해 앉아 탕수육과 배갈을 시켰다. 점심 먹기에는 이른 때라 중국집은 한산했다.

"너 몇 살이야? 이름은?"

"스물하나, 이름은 김대주(가명)여유."

한결 공손해진 청년이 답했다.

"고향은 어디구 학교는 어디서 다녔어?"

"옥천군 군북면이유. 옥천읍에서 중학 다니구 대전에서 고등학교 다니다가…."

"지금 뭐 해 먹고 사는데?"

"…."

김대주는 답이 없었다. 속으로는 열심히 앞에 앉은 눈매가 매서운 이 남자가 어떤 사람일지 궁리해 보았다. 보통 사람은 아니다. 형사? 조폭? 아니면 혹시…. 어쨌거나 이런 사람은 경계하는 게 상수다.

"뭐, 대답하기 곤란하면 안 해도 된다. 권투 도장은 언제부터 다녔냐?"

"얼마 안 되유."

"너 혹시 돈 많이 주는 데 취직할 생각 없나?"

"글쎄유…. 사실은 아버지가 자전거 타구 가시다가 넘어져 다리를 다치셔서유, 제가 한동안 농사일이랑 거들면서 아버지 수발을 들어야 해유."

갑자기 느려진 어조로 난처한 표정을 지으며 김대주가 말했다.

박은 어금니를 지그시 깨물고 바닥을 보다가 물었다.

"그럼 지금 도장에 취직하고 싶어 하는 애들 없을까?"

김대주는 오늘 도장에 누가 있었더라… 생각하다가 김병염을 떠올렸다.

"아. 네. 있어유. 김병염이라구 옥천애에유. 불러올까유?"

김대주는 탕수육을 급히 몇 점 더 집어먹고 자리를 떴다. 잠시 뒤 김대주는 땀으로 얼굴이 번질거리는 김병염을 데리고 들어와 '잘 말씀 드려.' 하고는 급히 자리를 떴다.

덫에 걸린 병염

박은 김병염에게 점심때가 되었다며 새로 짜장면과 팔보채를 주문해 병염 앞에 놓아 주었다. 병염이 정신없이 먹고 나자 박은 조용한 곳으로 가서 이야기하자며 깨끗한 여관방으로 병염을 데리고 들어갔다.

"이름과 나이는?"

"김병염, 스물하난디요."

"주소는? 특기는? 취미는?"

"주소는 옥천군 가화리…. 금구리서 철둑 넘어 '음지까와'라고도 부르구유, 요즘에 재단일 배우다가 권투 시작했구, 취미는 머… 머, 친구들하구 어울려댕기는 거지유 머…."

병염이 양손을 허벅지 위에 올려놓고 문지르며 대답을 했다.

"친구들이 많은가 보지?"

병염이 표정이 환해졌다.

"그럼유. 한 동네서 나고 자라서 늘 같이 어울리니께유~."

저녁에 박과 한은 다시 TMO에서 만났다.

"어떻게 되었나요?"

한이 물었다.

"겨우 하나 건졌습니다. 한 선생은?"

"나도 쉽지 않았어요. 경찰서에서 겨우 하나. 폭력 시비가 붙어 들어온 녀석을 '영창 갈래, 돈 많이 주는 군대 갈래?' 하고 꼬드겼지요. 또 한 놈을 건지나 했더니 자기 없으면 집안 식구들이 굶어 죽는다고 대책비를 먼저 달라고 요구 하더군요. 그렇게 약은 놈은 제껴야 하지 않겠어요? 나중에 시끄러워질 수 있으니까요. 그런데 이래서 열흘에 열다섯을 건지겠나 싶네요."

"오늘 만난 녀석에게 나흘 뒤에 또 2차 면접을 봐야 한다고 점심 무렵 여관으로 오라고 했으니 한 선생도 함께 보시지요. 나이는 어려도 대전, 서울 다니며 모진 고생도 많이 하고, 다부지게 보이더라고요. 친구도 많고…. 그러니 우리가 쉽게 가는 방법이 있을 듯도 한데…. 일단 코를 꿰어놓았으니 내일은 또 다른 놈들을 찾아봅시다."

4월 6일 토요일. 도장에서 한참 땀을 흘리고 여관을 찾은 병염에게 박은 자기 회사 부장님이라며 한을 소개했다.

"병염 군. 이 분은 우리 회사 한 부장님이셔. 사람 잘못 뽑아놓으면 회사가 고생하니까 특별히 살피러 나오셨어요. 회사 보안이 펑장히 중요하기 때문에 주변의 인물들에 대해서도 사전에 자세히 알고 싶어 하시네."

"우선 시장할 테니 음식 좀 시킬까요?"

한 부장이라는 사람은 전화를 걸어 깐풍기, 라조기, 유산슬과 배갈을 주문하고 병염에게 말했다.

"병염 군, 일단은 시작부터 마지막 결정 날 때까지 주변에는 일체 비밀로 한다는 약속을 해 주세요. 보안이 많이 필요하기 때문에…."

박은 종이를 꺼내어 친구들에 대해서 빼놓지 말고 자세히 적으라고 했다. 이름, 주소, 나이, 학력, 형제 관계, 생활 정도, 특기….

병염은 글을 적느라고 두 남자가 자기의 일거수일투족을 뱀의 눈을 하고 훑고 있다는 것을 알아채지 못했다.

박은 병염에게 번번이 수고한다며 봉투 하나를 건네며 말했다.

"이틀 뒤에 최종 면접을 볼 테니 점심 무렵 다시 나와 줄 수 있겠나?"

병염이 여관방을 나간 뒤 한이 박을 다그쳤다.

"아니 박 선생, 친구들을 다 적으라니 무슨 생각을 하는 거요?"

"내가 오늘 아침에도 물색을 하러 나가 보았는데 여의치 않아요. 팀장은 계속 쪼아대는데…."

"그래서요?"

"병염이가 고향에 또래친구들이 아주 많잖소…."

"그래서 그 친구들을 다 데려오려구요?"

"다른 방법이 있나요?"

"한 동네에서 여럿이 가면 나중에 시끄러워질 수도 있습니다."

"아이고, 한 선생, 답답하시네요. 북파한 애들이 얼마나 살아 돌아오던가요? 더군다나 이번에는 김일성을 잡으라고 보내는 겁니다. 북에 가서 특수부대 찾아 요절을 내라는 거잖아요. 살아 돌아올 수 있겠어요? 아닙니다. 모두 소모품으로 깨끗하게 끝나고 말 겁니다. 뒤탈이 날 이유가 없어요."

한이 병염이 적어 놓고 간 종이를 걱정스러운 눈초리로 들여다보았다.

"그래도 한 지역에서 한꺼번에 여러 명이 가면 동네가 시끄러워질 수도 있고, 훈련받는 도중에도 문제가 생길 수 있고…."

"그건 미래의 문제요. 우리는 14일까지 필요한 인원을 모두 확보해야 해요. 서울 쪽에서는 미숙한 조치로 실패가 많았다더군요."

"무슨 일이 있었다고 해요?"

"한 장소에 모아놓고 설명회를 했나 봐요. 그중에 약은 놈이 요모조모를 따지고 불가능한 대우를 요구하니까 너도 나도 목소리를 내고 하나가 뛰쳐나가니 모두 뿔뿔이 흩어졌대요. 다 잡은 고기를 놓친 거지요."

"그럼 어떻게 하지요?"

"하나만 먼저 확실하게 미끼를 던졌다가 을렀다가 하면서 확실하게 잡아놓으면 나머지도 다 잡아올 수 있어요."

"미끼는 어떤 식으로?"

"돈 많이 준다. 애국하는 길이다. 금의환향 하게 될 거다. 6개월만 고생하면 3년 군대는 면제고, 간단한 교육을 추가로 받은 뒤 장교로 임관하는 것도 가능하다. 집도 준다. 평생 먹고 살 걱정 안 하게 해 준다. 등등 얼마나 많아요?"

"그거 다 보장해 줄 수 있는 겁니까?"

"하하 한 선생님, 진짜 순진하신 건가요, 아니면 나를 테스트하느라고 순진한 척 하시는 겁니까? 아까 말씀 드렸잖아요. 얘들은 살아 돌아오지 못합니다. 그러니까 윗대가리들도 처음엔 사형수, 무기수부터 찾았던 거고, 그게 힘들다니까 하나쯤 없어져도 안 억울할, 형편 어려운 집 애들을 고르기로 한 거 아닙니까? 형제 많고 가난한 집 애들…. 그런데 이제는 위에서 계속 쪼아대고 있으니 찬밥 더운 밥 가릴 처지도 안 되잖아요. 다시 말하지만 걔들은 흔적도 남기지 않고 이 세상에서 사라지는 게 백퍼입니다. 백퍼라고요. 가족은 끝끝내 생사 확인도 못하게 되겠지요. 그런데 공수표 남발이 대수일까요? 다만 조심할 것은 데리고 갈 때 조심조심 해야 한다는 거죠. 절대 가족이나 주변 사람에게도 알리지 말라고 하고, 중간에 빠져나가지 못하게 하고…. 그물에 들어온 고기를 조심조심 한달음에 확 입구를 조여서 놓치지 않는 것, 그게 관건이지요."

"그래도 한 동네에서 많이 데려가는 건 언젠가는 반드시 문제를 만들게 될 거 같은데…."

한이 고개를 갸웃하며 말끝을 흐렸다.

"하하…. 50년 안으로는 아무 일 없을 거요. 나를 비롯해서 관련자들은 모두 죽어 있을 테고 뭐가 문제란 말이요? 아무리 후벼파들 흔적이 다 지워져 있을 텐데, 제까짓 것들이 뭘 알아내겠어."

4월 8일 월요일. 3차 면접을 하는 날. 면접관들은 이상하게도 맛있는 요리를 시켜주지 않았다. 병염에게는 면접도 면접이지만 태어나 처음 보는 고급요리를 매번 먹는 것도 흥분되는 일이었는데 말이다. 그날은 한, 박 모두 분위기가 냉랭했다.

"오늘이 세 번째 면접이지?"

분위기도 사뭇 고압적이었다.

"예."

"오늘은 사실대로 이야기를 해 주지. 우리는 특수군에서 나왔다. 지금 애국할 청년을 찾고 있다. 훈련을 한 다음 북으로 넘어간다. 지금이라도 원하면 중단할 수는 있다. 그러나 이것은 굉장한 국가 기밀이기 때문에 가도 죽고 안 가도 죽는다. 비밀을 아는 자는 살려두지 않는다. 그게 대통령령으로 정해진 법이다. 너는 대통령 명령으로 선택된 거다. 할 거냐, 말 거냐?"

병염의 아래턱이 덜덜 떨렸다. 도움을 청하는 눈으로 한을 쳐다보았으나 한 역시 차가운 눈빛으로 병염을 바라보았다.

"하루 저녁 잘 생각해 봐라. 네가 안 가면 가족들도 모두 죽을 수 있다. 내일 아침 우리가 너의 집으로 가마."

사색이 된 얼굴로 병염이 돌아갔다. 한선생이 물었다.

"아니 왜 잔뜩 겁만 주셨나요? 당근도 좀 주셔야지."

"아니요. 병염에게는 내일 엄청난 당근을 퍼줄 겁니다. 최고의 효과를 거둘 수 있도록…. 오늘 저녁때쯤 친구들도 대강의 상황을 전해 듣게 될 겁니다. 대충 알아 두는 게 좋아요. 그물에 걸릴 또 다른 고기들이지요. 그들에게 줄 당근은 떠나기 전에 하루 이틀 실컷 주면 됩니다."

덫에 걸린 옥천 청년들

1968년으로 해가 바뀌자마자 기정에게 신체검사 통지가 날아
왔다. 7, 8월경에는 군에 가야 될 것이었다. 설이 지나고 얼마 되
지 않아 기정은 부랴부랴 참외농사를 준비했다. 서둘러야 여름에
팔아 돈을 만들어 놓고 군에 갈 수 있을 것이었다. 4H 교육에 가
서 배운 대로 종이봉지를 만들어 흙을 담고 씨를 한두 개 넣었다.
양지바른 밭 한쪽을 한 뼘 넘는 깊이로 구덩이를 파고, 종이봉지
를 나란히 차곡차곡 넣고 구덩이 가장자리에 가느다란 대나무를
박아 둥글게 아치를 만든 다음 비닐로 덮으니 크기와 형태가 무
덤과 비슷한 온상이 되었다. 기정은 가끔 비닐을 걷어 물을 뿌려
주며 싹이 올라오는지 확인했다.

4월 8일 월요일 저녁. 날이 어두워지고 있는데 병염이 얼굴이
창백해져서 복용, 광용, 기성과 함께 기정의 집에 왔다. 기정의
사랑방에 모인 친구들 앞에 병염이 안절부절못하고 서 있었다.
그의 입술에는 허옇게 비늘이 일었다.

"뭔 일인데 말도 않고 똥 씹은 얼굴로 무작정 우리를 끌고 온
거여?"

먼저 자리에 앉은 광용이 입을 비죽 내밀고 불만스러운 표정으

로 병염이 입 열기를 재촉했다. 모두 자리에 앉자 병염이 크게 한 숨을 토하며 입을 열었다.

"내가 재단일 배우느라고 최근에 대전에 드나들었자녀. 재단 과정 다 끝나고서도 체육관에 다님서 권투 연습을 하고 있었거 든. 그러다가 지난주 화요일에 체육관에서 김대주를 만났어."

"김대주? 군북에 사는 그 촌놈?"

얼굴을 찡그리며 기정이 물었다.

"여기서 중학 다니다가 대전에 나가 공부했다는 그 따발총?"

기성도 눈을 똥그랗게 뜨고 놀란 표정을 지었다.

"응. 한참 샌드백을 치고 있는디 나를 툭툭 치더라구. 나보고 좋은 데 취직할 생각이 없냐는겨. 조용한 데 가서 자기랑 이야기 를 하자길래 따라갔지. 어떤 중국집인디 나를 어떤 남자헌티 소 개하고는 핑 가버리더라고. 맛있는 점심을 얻어먹었지. 그 남자 가 조용하게 면접 보자며 여관으로 데려가더니 나보고 자기소개 서를 쓰라대? 주소랑, 생년월일이랑…. 그러더니 몇 가지 묻는 대 로 쓰라고 하더니 나흘 뒤에 또 오라고 하더라고."

"뭘 물어 봤는디?"

"학교 어디까정 다녔냐, 형제는 몇이냐, 부모 형제들 이름 다 쓰라 하고…. 집안 형편은 어떠냐, 운동은 뭘 했냐, 학교 중퇴했다면 지금까정 어디에서 뭘 하고 살았냐…."

무릎 위에 올려놓은 병염의 손이 가늘게 떨리고 있었다.

"그려서?"

"나흘 뒤에 갔더니 먼저 있던 사람 말고 또 한 사람이 있는겨. 이번에도 뭐 근사한 요리를 시켜주더라고. 그렇게 맛난 요리는 머리털 나고 처음이여. 그러더니 친구들은 몇이고 누구누구냐, 어디어디 살며 뭘 하고 있냐. 일어서 봐라, 앉아 봐라, 걸어 봐라. 손을 펴 봐라, 주먹을 쥐어봐라…. 하더니 이틀 뒤 최종 면접이라믄서 또 오라는 거여. 이번에는 차비라믄서 돈도 꽤 주더라고. 아직 아무한테도 말하지 말라면서."

"그려서?"

"그려서 오늘 갔던 거여. 이전처럼 두 사람이 앉았는디 오늘은 싸한 표정으로 놀라지 말고 잘 들으라고 뜸을 들이더니 깜짝 놀랄 이야기를 하자녀. '북으로 가기 위한 간첩 교육을 받으려느냐, 말려느냐. 지금이라도 중단하려면 하라!' 이럼서."

"그려서?"

모두가 입을 벌리고 병염을 쳐다보았다.

"내가 깜짝 놀라서 암말도 못하고 있는디 '애국하는 길이다. 대통령의 명령이다. 국가 비밀인데 비밀을 알면 너도 죽고 아는 자도 죽는다. 네가 안 가면 가족도 모두 죽는다.' 이러는겨. 북파 간 첩이 살아서 올 수 있겠냐? 죽는 일만 남은 것 같으니 이도저도 못하고 큰일이여. 이걸 어떡하든….."

말을 채 마치지 못하고 병염이 어깨를 들썩이며 흐느꼈다. 평소 순발력 있고 눈치가 빠르던 병염의 모습은 온 데 간 데 없었다.

누구랄 것도 없이 모두 병염의 손을 잡아주었다.

"우리 여럿이서 병염이 너 하나 숨겨주지 못하겠냐? 걱정 말어. 우선 네 집에 들어가지 말고 당분간 시내 친구들 집에 돌아가면서 숨어 있어….."

기정이 비장한 어투로 말했다.*

4월 9일 화요일. 기정이 동생 기자를 불렀다.

"기자야. 과수원 아래 밭에 냉이가 많이 나왔더라. 뜯으러 갈래?"

"그려. 바구니 챙길게."

---

* 2009.3. 소송 대리인 변호사 강명구의 소장. 당시 잠자다가 우는 소리에 깬 김기정의 동생 김기태는 형들이 하는 이상한 대화를 분명하게 기억했다.

기자가 밭에 앉아 냉이를 뜯기 시작한 지 얼마 안 되어 기정이 산 아래 과수원 풀밭으로 가 앉아 기자를 불렀다.

"기자야. 병염이가 취직을 해서 어디를 간다야."

그리고는 머뭇머뭇 어제 들은 이야기를 기자에게 전해주었다.

"울면서 털어놓는데 불쌍해서 못 보겠드라. 우리가 병염이를 살려야 혀. 기자야. 네가 좀 도와줄 수 있겠냐?"

"할게. 도와야지. 뭘 어떻게 하든 되는디?"

기자가 바짝 긴장을 하고 물었다.

"며칠간이라도 밥을 해서 날라줄 수 있겠냐? 밥 한쪽에 장아찌 같은 거 놔서."

"응. 그 정도라면 어려운 일은 아니네."

"고맙다. 기자야."

기정은 돕겠다는 동생의 대답을 얻어내고도 어둠이 걷히지 않은 표정을 하고 시내로 향했다. 기정은 늦도록 들어오지 않았다.

4월 10일 수요일. 기자는 눈 뜨자마자 기정을 찾았다.

"어떻게 됐어?"

기정은 한숨을 깊게 내쉬었다.

"병염이가 그냥 가졌댜."

"오빠 그럼 어떻게 해?"

"어제 일찍이 그 사람들을 다시 만났나벼. 한 번 갔다 오면 사람 하나 죽여도 죄 받지 않을 정도로 그런 혜택을 준다더라. 사관학교 졸업하면 바로 군에 가서 장교도 되고 엄청 큰돈도 준다고 했다더먼. 집도 주고. 병엽이 형이 재단 배우면 양복점 차려준다더니 기술 배우고도 몇 년은 다른 양복점에 들어가 충분히 기술을 배워야 차려준다고 하더라자녀. 그래서 요즘 심드렁하고 있었거든. 입이 댓발이나 나와가지구. 그런데 여러 번 갔다 온 사람들도 있는데 한 번 갔다 올 때마다 살아서만 오면 돈이 엄청나다고하니께 마음이 동했나벼. 하여간 깜짝 놀랄 만큼 엄청난 대우를해 준다더라. 시집 간 누이헌티 인사도 하러 가고 떠날 준비를 하는가 보더라."

그날 저녁 기정은 친구 집에 모임이 있으니 김치를 담아 달라고 했다. 기자는 어머니가 아끼느라 따로 깊은 곳에 보관해 두었던 김장김치를 보시기에 담아 주었다. 저녁 늦게 들어온 기정이 말했다.

"병엽이 송별회 마치고 갔다. 이제 신경 쓰지 마라."

그런데 웬 걸. 이틀 뒤인 4월 12일(금), 기자가 저녁밥을 지으려고 우물에서 물을 푸고 있는데 못 보던 까만 짚차가 철둑을 넘어서 내리막으로 달려와 동네 사랑방인 등구나무 옆에 멈춰서는 것이 담 너머로 보였다. 차 문이 열리는데 내리는 사람은 뜻밖에도 김병염이었다. 병염의 표정은 이전과 달랐다. 급히 서두르기는 했으나 얼굴에는 자신감이 넘쳐났다.

김병염은 빠르게 걸어와 기정이네 집 얕은 담벼락 밖에서 기자를 보고 소리쳤다.

"오빠 있냐?"

"없어!"

두근거리는 가슴을 진정시키느라 애쓰며 기자가 답했다.

병염은 기자의 대답에 아랑곳없이 대문으로 들어와 좌우를 두리번거리며 큰소리로 물었다.

"기정이는?"

"없다니까. 왜?"

기자의 대답이 떨어지기도 전에 병염은 급히 대문을 나서서 짚차를 타고 떠났다. 비밀을 알았다고 잡으러 왔던 걸까? 기자는 떨리는 가슴을 진정시키며 병염이 떠나는 모습을 지켜보았다.

몇 시간 뒤에 기정이 집에 돌아왔다.

"오빠, 병염이 오빠 왔었어."

기자가 빠르고 낮은 목소리로 말했다.

"엉? 언제?"

기정이 깜짝 놀라며 물었다.

"네 시쯤에."

"너 돈 좀 있냐?"

기자는 어머니가 출가한 큰딸 집으로 떠나며 기자에게 주었던 돈을 다 내어주었다.

"빌려다가 더 줄까?"

"아녀. 병엽이가 또 오면 아직 안 왔다고, 모른다고 햐. 아무도 모르는데로 가서 알아서 숨을 테니께⋯."

"언니 집에 가려고?"

"거기 가면 안 되지. 5촌 집에도 안 되고⋯. 어찌 되었든 내가 알아서 숨을 테니 절대 아무 말 하지 말어. 누가 묻거든 오늘 아침에 나가서 안 들어왔다고 햐."

기정은 황급히 집을 나가 옥천역을 향해 어두워지는 철둑길로 뛰어갔다. 그것이 기자가 본 오빠의 마지막 모습이었다.

옥천역 뒷편에서는 부산에서 왔다는 박정희의 사촌 박영희가 주인이라는 배창회사'의 신축공사가 한창이었다. 옥천역 신축공

---

* 현재 옥천역 뒤에 있는 국제종합기계 본사. 트랙터 등 농기계생산. 처음 공 장부지

사장 앞을 지키고 있던 짚차는 열차를 타러 뛰어 오는 기정을 놓치지 않았다.

4월 13일 토요일 새벽. 배창 신축공사현장에서 철근공으로 일을 다니고 있어 곤하게 자고 있던 광용은 새벽에 친구가 불러서 집을 나갔다. 대전을 오가며 이발학원을 다니던 복용도 새벽에 친구들이 불러내 가족들이 깨워서 내보냈다. 장명기, 박기수, 정기성 모두 그렇게 떠났는데 그들이 옥천 땅을 두 번 다시 밟지 못할 줄은 아무도 몰랐다. 박, 한은 유 부장, 정 부장이라는 사람들에게 그들을 인계하고 급히 어디론가 떠났다. 유 부장과 정 부장이라는 사람들은 짚차 두 대에 나누어 타고 대전 주변의 유원지를 다니며 1박 2일간 온갖 맛난 음식과 화려한 언설로 청년들을 영웅처럼 대접해 주었다.

를 잡을 때 김기정네 논과 밭이 많이 포함되었다. 기정의 어머니는 찰진 땅은 안 판다며 토지 판매를 완강히 거부했으나 결국 버티지 못하고 울며 겨자 먹기로 멀리 떨어진 농지로 바꿔 받았는데 기정의 아버지는 자전거를 타고 다니며 농사를 짓다가 후에 교통사고로 사망했다.

2. 청년들 기차에 올라타다

유 부장, 정 부장은 각각 차 안에서 병염을 제외한 정기성, 장명기, 박기수, 이광용, 김기정, 김복용에 대한 인적사항을 부지런히 파악했다. 병염의 진술을 각자의 입으로 좀 더 정확하게 파악할 필요가 있었던 것이다. 이름, 나이, 주소, 가족관계 등을 더욱 세밀하게 파악했다. 기정은 공업고등학교를 중퇴하기 전 모르스 기계를 다뤘다는 것을 새로이 알게 되었다.

유부장이 말했다.

"훈련이 약간 고될 수는 있다. 그러나 고된 훈련은 길어야 6개월이다. 여러분들은 나라를 위해 막중한 임무를 수행할 귀한 인재들이니 오늘처럼 날이면 날마다 최고의 식탁을 차려줄 것이다. 어떻게든 훌륭하게 훈련을 마치면 이 세상은 이제 여러분의 것이 될 것이다."

정부장이 말했다.

"매월 600달러의 특별수당을 지급받을 것이며, 장교후보생 지위를 주어 장교를 원하는 자는 장교로, 교관이 되기를 원하는 자들은 교관으로, 미군부대 취직을 원하면 미군부대로 보내준다. 물론 휴가도 보장한다. 금의환향이 뭔지 아는가? 금빛 옷을 입고 고향에 돌아간다는 뜻이다. 고향의 사람들이 모두 너희들을 영웅으로 맞게 될 것이다!"

이튿날 저녁 청년들이 잠에 곯아 떨어졌을 때 유 부장과 정 부장은 서류를 작성했다. 부대 상급자와 정보부에게 보고할 문건이었다. 내일 실미도의 훈련부장에게 전달할 것까지 세 부를 작성했다. 자기들이 데리고 갈 공작원은 모두 거칠고 싸움에 대한 특기가 있는 자들이어야 했으므로 특기 및 경력은 대충 그에 맞게 꾸려 넣었다. 권투, 유도, 당수 등을 적당히 배치하고 깡패, 깡패, 깡패, 깡패, 깡패, 깡패, 깡패라고 7명 모두의 신상 기록에 붙여 두었다. 아 참! 김기정은 고교 시절에 모르스 송수신을 배웠다지. 그렇다면 통신 추가!

이렇게 해서 최종 선정된 옥천 출신의 공작원 명단은 다음과 같다.

공군 2325부대 [공작원 모집 결과 보고서] (1968.4.14)[*]

순번	이름	주소	나이	특기 및 경력
20	김봉용	옥천군, 읍 금구리	23	권투, 깡패
21	정기성	옥천군, 읍 신기리	21	유도, 깡패
22	박기수	옥천군, 읍 금구리	21	유도, 깡패
23	김병염	옥천군, 읍 가화리	22	권투, 깡패
24	이광용	옥천군, 읍 신기리	22	당수, 깡패
25	장명기	옥천군, 읍 금구리	21	유도, 깡패
26	김기정	옥천군, 읍 가화리	22	당수, 통신, 깡패

13, 14일 이틀 동안의 멋진 식사와 최고의 향응 때문인지 청년들의 표정은 밝고 자신감에 차 있었다. 며칠간의 두려움과 걱정은 눈 녹듯이 다 사라졌다. 6개월만 고생하면 우리는 맹호부대, 청룡부대를 능가하는 무적의 특공대가 될 것이다! 이렇게 큰돈을 벌며 애국 할 기회가 생겼으니 얼마나 감사한가! 그들의 얼굴은 희망으로 가득 찼다.

4월 15일 월요일 오전. 오래전 옥천 집을 떠나 대전역 앞에서 구두를 닦던 그들의 친구 H는 역전에서 기차를 타고 군에 간다는 일곱 친구들과 그들을 인솔하는 두 남자를 만났다. 형편이 넉넉

---

[*] 『실미도 사건 진상조사보고서』(국방부과거사진상규명위원회, 2006, 18쪽). 당시 공군 2325부대에서 중앙정보부에 보고한 문건의 내용을 그대로 인용(31명 중 7명 부분 발췌)

지 않았지만 그는 얼른 매점에 가서 세면도구 두 세트와 편지지, 편지봉투 등을 사서 그들을 뒤따랐다. 그는 기차 안에 자리를 잡고 앉은 일곱 친구들 중 가깝게 지냈던 광용과 기정에게 세면도구 세트를 전달했다. 기정이 H에게 '너는 안 갈래? 같이 가자.'라고 권했다. 옆에 앉은 인솔자의 양복 안자락에서 얼핏 권총을 본 H는 기차가 출발하기 시작하자 작별인사를 하고 얼른 기차에서 뛰어내렸다.

동네에서 갑자기 사라진 일곱 명의 청년들이 마지막으로 반짝 소식을 보내온 건 그들이 떠난 지 일주일쯤 되었을 때였다.

어디로 갔는지 몰랐던 기정에게서 편지가 왔다.

"기자야. 나 찾지 마라. 내가 돈 벌어 너한테 하고 싶은 거 다 하게 해 줄게. 엄마 아빠 동생 보살피고 잘 있어라."

김복용의 집에도, 김병염의 집에도, 박기수의 집에도 같은 날 편지가 도착했다. '돈 벌러 간다.' '돈 벌어 올게.' '장교로 군대에 간다.' 급히 적은 듯 휘갈긴 글씨체의 내용들은 짧막했다. 한결같이 발신지는 적혀 있지 않았다.

3. 뒷이야기

윗대가리들이 몰랐던 사실

박정희의 분노를 풀고자 중앙정보부가 육해공군에 닦달을 해서 만들었던 북파 간첩 양성을 위한 684부대의 훈련 내용과, 1971년 8월 23일의 탈출사건은 책과 영화를 통해 많이 알려져 있다. 책과 영화에서는 후보생(훈련생)들을 모두 흉악범, 사형수, 무기수 등으로 묘사해 놓았다. 정부 고위층에서는 그들을 '난동자'라고 칭했고 '실미도 난동사건'이라고 불렀다.

김형욱은 그들을 '각 군 형무소에서 사형수나 무기수로 극형에 처해져 복역하고 있던 죄수들', '신체 조건이 좋고 투쟁심도 강하지만 어쩌다 잘못 풀려 무거운 죄를 짓고 내일의 희망이 없이 복역하고 있던 젊은이들', '인생과 장래에 대한 절망감에서 비롯되

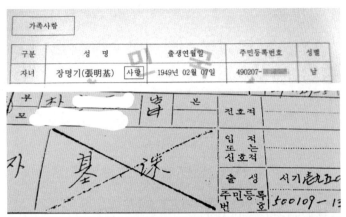

가족사항				
구분	성 명	출생연월일	주민등록번호	성별
자녀	장명기(張明基) 사망	1949년 02월 07일	490207-■■■■■	남

유가족이 떼어준 증명서. 박기수는 신분증명에 1950년 1월 생으로, 장명기는 1949년 2월 생으로 적혀 있다. 당시 박기수의 호적나이는 만18세, 장명기는 만19세였다. 김봉용의 호적 이름은 김복용이다. 저들은 청년들에게 신분을 증명할 어떠한 서류도 요구하지 않았다. 소모품으로 사라질 존재였으니 그들의 신분을 증명할 서류를 갖추어야 할 필요도 없었던 것이다.

는 자포자기적인 투혼에 불타고 있던 무리들'이었다고 표현했다.

당시 수사를 맡은 검사 부장이었던 김중권은 김형욱의 말을 부정하면서 '훈련병은 모집되었으며 대전역 부근의 건달들이 주요 대상이었고 아마 그들에게는 전과기록 말소 등과 같은 보상이 있었을 것'이라고 말한다. 김중권은 영화를 보고 나서 '재미는 있지만 너무 미화시켜 놨다'는 말을 반복하고 또 반복했다.

윗대가리들은 '무거운 죄를 지은 내일의 희망이 없는 투혼들', '악과 곤조뿐 기본적인 규율도 없는 집단', '미화시켜서는 안 될',

'전과기록 말소 등의 보상을 기대했을 건달들', '죽을 만한 인물들이 죽은 것'…. 이라며 '절대로 미화시켜서는 안될 인물들'이라고 확신하고 있었다. 윗대가리들은 관련법에 대해서도, 청년들에 대해서도 아무것도 모르고 있었다.

법무부는 사형 집행 후 법적으로 사체 인도 의무가 있으므로 '소모품으로 사용될' 일에 사형수를 내어주지 않는다. 상식을 가졌다면 훈련병의 1/4이 한 지역에서 왔는데 그들을 사형수이거나 전과가 있는 건달들이라고 생각할 수 있을까? 옥천만이 아니다. 파주 지역도 수상하다. 경기도 파주군 주내면 연풍리에 주소지를 둔 윤태산, 장정길, 정은성, 전균과 임진면에 주소지를 둔 이영수, 박원식 등 파주에서도 6명이나 모집되었다.

윗대가리들은 무엇보다도 청년들이 시골의 평범하지만 순박한 존재들이었다는 것, 그리고 부모형제의 소중한 가족이었다는 것을 몰랐다. 그 부모가 시체라도 찾기 위해 고무신 코가 찢어진 것도 모르고, 여기 저기 허우적거리며 실성한 사람처럼 다닐 것이라는 사실을 몰랐다. 행여라도 바람처럼 잠시 들르면 귀한 자식 배곯지 말라고 몇 년이 가도록 밥솥에 밥 한 그릇씩 남겨 놓았다는 것을 몰랐다. 일부 섞여 있을 지도 모르는 '불량'한 사람들일지라도, 그렇게 소모품으로 쓰다가 죽으면 아무도 모르게 매장해서

버려도 된다는 생각을 해서는 안 된다는 것을 몰랐다.

고된 훈련이었지만 옥천 청년들은 3년 4개월간 무탈했다

애당초 3개월에서 길어야 6개월의 훈련이라고 꾀어서 데리고 간 정부는 3년 4개월 동안 계속된 기약 없는 강훈련을 통해 그들을 살인병기로 키웠다. 엄청 나게 주겠다던 급료는 3,200원씩 석 달을 지급하고 끊어졌다. 대단한 식사를 약속하더니 후보생들은 깡보리밥과 단무지로는 배가 고파 개 밥, 나무뿌리, 뱀 등을 가리지 않고 먹어야 했다. 훈련이 얼마나 고통스러웠는지 31명 중 일곱 명이 사망했다. 후보생 23%가 사망하다니 정말 악마의 지옥 훈련과 같았을 것이다. 살아남기 위한 악착같은 몸부림 속에서 그들이 서로에게 가졌을 우정과 연민, 후회와 통탄 등을 과연 우리는 상상이나 할 수 있을까. 그래서였을 것이다. 그 지옥 같은 훈련 와중에도 후보생의 23%를 차지한 옥천 청년 일곱 명은 한 명도 낙오 없이 모두 견디어 내었다. 밀어주고 끌어주고 서로의 손을 잡아주었을 것이다.

기정이 총에 맞자 자살을 택한 병염

1969년 1월, 존슨의 후임으로 아이젠하워 때 부통령이었던 닉슨이 37대 대통령이 되었다. 그는 지지부진한 전쟁 소식에 지친 국민들 앞에 베트남전에서 손을 뗄 것을 약속했고 미중, 미소 화해 정책을 추진했다. 한국에 대해서도 대북 화해 정책 추진을 요구했다. 박정희는 미국의 정책에 토를 달 수 없었다.

중앙정보부장, 공군참모총장이 바뀐 뒤 후임자들은 '애당초 계획이 바뀌어 쓸모가 없어진 실미도 오소리들'에게 어떤 관심도 기울이지 않았다. 상부에서 어떠한 조치도 취하지 않은 채로 시간을 흘려보내자 소대장 김이태는 비밀을 유지하기 위해서 모두를 죽이자는 제안도 해 보았다. 그러나 아무도 책임 있는 결정을 내리려 하지 않았다.

6개월의 훈련이라고 해서 갔는데, 그 일곱 배에 가까운 40개월이 지났다. 그때까지 살아남은 24명의 훈련생들은 꽁보리밥만 먹으며 수시로 반복되는 살인적인 구타에 시달리면서 기약 없는 생활을 무한정 계속할 수는 없다고 생각했다. 이미 34개월이면 육군의 의무복무 기간인 30개월도 훨씬 지나 있었다. 8월 20일 기간병들은 훈련생들에게 또 다시 지독한 구타를 퍼부었다. 결국 최후의 한마디가 터져 나왔다.

"우리들 스스로 정리하리라. 청와대든 사령부든 따지러 가자!!!!

1971년 8월 23일….

06:00. 기상한 그들은 30분 만에 기간병들을 해치움.

07:00. 정기성 등이 배를 구하러 간 사이에, 일행들은 중앙청이나 사령부로 가서 억울한 사정을 호소하자고 의견을 모음.

08:45. 배에 22명이 승선함.

11:30. 인천 송도 앞에서 배에서 내려 도보로 육군 33사단 해안 초소부근에 상륙함.

12:35. 해안초소 통과 후 쉬다가, 이동을 계속함.

13:00 버스를 타고 가다가 조개고개에서 육군과 1차 교전함.

14:15 버스를 바꿔 탄 뒤 대방동 삼거리에서 경찰과 2차 교전함.

14:15~14:20. 유한양행 앞. 버스가 우측 나무에 부딪히며 수류탄 폭파됨.

13시, 조개고개에서 1차 교전을 할 때 버스 안에 있던 김기정이 총에 맞았다. 3년 4개월의 지옥에서 막 빠져나오는 길이었는데⋯. 타이어가 펑크 나 뒤에 오던 버스를 세워 모두 갈아탔지만 병염은 기정을 두고 떠날 수 없었다. 기정의 시체를 안고 오열하던 병염은 자기 배를 향해 방아쇠를 당겼다.

'옥천 청년'을 세상에 드러낸 쪽지

대방동으로 향하는 버스에는 옥천 청년이 다섯으로 줄어 있었다. 박기수의 다리에서 피가 흘렀다. 옆에는 아기를 안은 엄마가 겁에 질려 앉아 있었다.

"아기가 예쁘네요."

예상 밖의 말에 아기 엄마는 안심이 되었다. 가방에서 기저귀 하나를 꺼냈다.

"이걸로 상처를 묶으세요."

"정말 감사합니다."

박기수는 기저귀로 상처를 묶은 뒤 아기 엄마에게 쪽지를 건네며 말했다.

"저는 옥천 사람 박기수입니다. 열아홉 살에 집에서 나왔어요. 집에선 제 소식도 몰라요. 이 주소로 편지 좀 보내주세요. 상황이 나빠지면 얼른 의자 밑으로 숨으세요.'"

대원들은 대방동 삼거리에서 경찰과 2차 교전을 치르고 바리케이트를 돌파해 시내로 달렸다. 수류탄의 안전핀을 뽑아들고 달리는데 사방에서 날아오는 총알을 피하느라 훈련생 장정길이 머리를 잔뜩 수그리고 운전을 하다가 가로수를 들이받는 바람에 누군가가 들고 있던 수류탄이 바닥으로 떨어지고 말았다. 박기수가 재빠르게 몸으로 수류탄을 덮쳤다. 버스 안은 아수라장이 되었지만 아기 엄마는 무사했다. 그렇게 박기수는 떠났고 '쪽지 속의 옥천 박기수'는 세상 속에 살아남아 애써 그들의 존재를 알렸다.

병염 등 생존자 사형당하다

병염이 눈을 떠 보니 병원이었다. 시간이 얼마나 흘렀는지 알 수 없었다. 버스에 탔던 후보생들은 세 명을 빼고 모두 사망했다고 했다. 세 명의 생존자 명단에 옥천 친구들은 없었다. 병염을 포함한 생존자 4명(김병염, 임성빈, 이서천, 김창구)은 치료 후 감옥

---

* SBS, 〈꼬리에 꼬리를 무는 이야기 2 - 1968년 실미도에 끌려가 버림받은 청년들〉 2021.3.18 방영.

에 수감되어 있다가 다음 해인 1972년 3월 사형선고를 받았다. 재판 과정, 사형 과정, 사후 처리…. 모든 것이 비밀리에 진행되었다. 정부는 '실미도 난동사건'으로 이름 지어진 그 사건 속에서 죽어간 사망자들에 대한 정보는 물론이고, 생존자 4명의 재판 과정과 사형에 관해서도 그들의 가족에게 어떤 기별도 보내지 않았다. '소모품에 대한 정보의 완전 은폐'가 시작부터 끝까지 정부의 정책이었다.

그들은 재판 과정에서 비로소 자기들의 신분이 '군인'이 아니고 '민간 고용인'이라는 것을 알게 되었다. 군사재판소에서 비공개 재판을 받을 때 마지막까지도 비밀을 함구하면 좋은 결과가 있을 듯이 회유 받았다.

실미도 이야기가 책과 영화를 통해 대중에게 알려진 것은 1999년 이후의 일. 가족들은 행방불명된 지 36년 만인 2004년에서야 실종되었던 가족(부모 없이 동생만 있는 경우도)의 행방을 알게 되었지만, 군 당국은 지금까지도 네 명의 시체를 돌려주지 않고 있다. 정부는 '모두에게 모든 것을 영원히 감출 셈'이었다.

대한민국 북파공작원(HID) 유족동지회

대한민국에 북파공작원 유족동지회(특수임무수행자 유족동지회)가 조직된 것은 2001년 9월. 그들은 2005년 현재 파악한 임무 수행 중 전사한 북파공작원 희생자가 7,519명이라며 명단을 공개했다. 그들에 따르면 6·25 이전부터 1994년 초까지 1만 3천명의 북파공작원이 양성되었고 1972년까지 전사자가 7,751명에 달한다고 한다.

군 당국은 북파공작원의 실체를 인정하지 않다가 2002년이 되어서야 200명의 유족들에게 전사통지서를 보냈다. 사후 30~40년 만에 그 소식이 유족들에게 전해진 것이다. 그들은 군사정전위원회의 회의록이 공개된다면 훨씬 더 많은 북파공작원의 명단을 파악할 수 있을 것이라며 공개를 촉구하고 있다.

정부는 '설악산 개발단'이라는 이름의 북파 공작원 양성소를 강원도 속초에 마련해 놓고 김영삼 정부 때인 1990년대까지도 북파공작원을 훈련시켰다. 안기부(중앙정보부)가 관리했으며 3개월에 한 번씩 8-9명의 '위안부'를 들여보내 부대원 전원을 상대하게 했다. 이를 거부하는 훈련병에게는 뒤로 수갑을 채우고 각목으로 죽지 않을 만큼 구타했다. 그들은 '무자비하고 잔인하고 악랄해지는 것이 국가에 충성하는 길'이라고 세뇌 당했다.*

혹시 살아 있을까?

1999년 소설 실미도를 펴낸 백동호 씨는 자기가 교도소에 있을 때 생존 실미도 훈련병을 만났기 때문에 그 소설을 쓸 수 있었다며, 생존자가 틀림없이 있다고 말한다. 사형당한 채 시체가 은폐된 4인을 빼고도 DNA 검사상 자취가 없는 사람들이 있기는 하다. 옥천의 K와 L이 그들이다. 사유지라는 장벽에 막혀 시신 발굴이 미진하기는 했다. 그러나 혹시 그들이 살아 있는 건 아닐까? 만약 살아 있다면 모든 북파 공작에 대해 은폐하기에 급급했던 정부는 그들을 자기들이 요리하는 법대로 처단하지 말아야 한다. 그들의 입을 통해 밝혀지는 사실을 통해 '윗대가리' 가해자들이 국민을 소모품으로 여기고 기만한 사실들을 철저히 파헤쳐야 한다.

민주주의 반대가 공산주의라고 가르친 자들, 반공을 애국적 자유민주주의의 핵심이라고 믿으며 진보적 사고방식을 죄악시하는 자들, 김일성의 항일투쟁은 가짜라고 가르치고 유포하며 역사

---

* 《오마이뉴스》2002.3.15;《연합뉴스》2005.4.6 기사 참조.

를 조작한 자들, 매국 친일의 흔적을 감추거나 합리화 하는 자들, 수지 킴을 비롯해 많고 많은 간첩사건들을 조작해냈던 자들, 남북의 분단을 고착시키려고 애쓰는 자들, 국민을 언제라도 소모품으로 '사용'할 수 있다고 믿는 자들, 평화를 위해 전쟁을 준비해야 한다고 말하는 자들…. 그들 모두에게 한반도의 평화와 국민대중의 행복을 방해하는 책임을 물어야 한다.

시공간을 꿰는 역사의 드론을 타고 한반도를 내려다본다면 항일투쟁을 했던 지도자가 이끌었던 북과 일제의 앞잡이 노릇을 했던 지도자가 이끌었던 남이 분단 상황 속에서 70년을 대치해 온 모습을 볼 수 있을 것이다. 미국은 일본을 보호하기 위해 국방과 경제의 성장을 이룬 반공국가 남한을 방어막으로 삼고자 했다. 미국의 비호 속에서 박정희는 점점 더 권력에 심취하는 괴물이 되어 갔다. 박정희와 그를 통해 이익을 취했던 그들은 남쪽에 적폐 검찰, 적폐 판사, 적폐 정치가, 적폐 재벌, 적폐 군인, 적폐 언론인들을 배양해 왔다.

멍청한 아이스크림 장수는 비오는 날을 적으로 삼는다.

멍청한 우산 장수는 해 뜨는 날을 적으로 삼는다.

실미도로 간 청년들의 이름을 다시 부른다. 모집책들은 자기들이 모집한 후보생들이 북파에 적합한 인물, 죽어도 아깝지 않을 존재임을 드러내기 위해 모두 운동 특기를 우겨 넣고, 그 옆에는 '깡패'를 적어 넣었다. 이제야 그 꼬리표를 떼어드린다.

	이름	나이	지역	특기 및 직업
1	김기정	22	옥천	당수 통신
2	김병염	22	옥천	권투
3	김봉용(복용)	23	옥천	권투
4	박기수	21	옥천	유도
5	이광용	22	옥천	당수
6	정기성	21	옥천	유도
7	장명기	21	옥천	유도
8	전영관	20	영동	마라톤
9	김종철	26	대전	수영
10	박응찬	23	대전	이발견습
11	이명구	24	대전	당수2급
12	이서천	29	대전	축구
13	황철복	25	대전	권투
14	박원식	32	파주	당수
15	이영수	21	파주	권투
16	장정길	21	파주	권투 운전
17	정은성	23	파주	당수
18	전 균	?	파주	검도
19	윤태산	25	파주	권투
20	이부웅	26	포천	당수
21	강찬주	24	서울	수영

22	장성관	25	영등포	유도
23	임기태	25	부천	전기공
24	김창구	29	청주	서커스
25	조석구	20	논산	합기도 편물기계수리
26	임성빈	22	연기	당수5급 행상
27	김용환	20	공주	무도
28	강신옥	21	주소미상	당수
29	신현준	22	주소미상	유도
30	심보길	?	주소미상	구기
31	윤석두	20	주소미상	권투

- 훈련 중 사망한 청년들 : 이부웅, 윤태산, 황철복, 조석구, 강
찬주, 신현준, 강신옥

- 생존 후 사형당한 청년들 : 김병염, 이서천, 임성빈, 김창구

- 그 외 : 버스 안에서 폭사

- 생존자 : ?

에필로그

　노안으로 침침해진 시야로 글을 쓰다 보니 눈의 힘이 모두 고갈
되는 듯했다. 그럼에도 불구하고 이 작업은 내가 감당해야 할 숙
명이라 여겨졌다. 충북 옥천군 청산면. 9년 전에 조용히 마음공부
나 하면서 살려고 내려왔는데…. 갑오년(1894)에 청산에 동학혁명
군의 본부가 있었다는 것을 알게 되고, 해월의 딸이 억지 시집을
가서 낳은 아들이 정순철(〈짝짜꿍〉, 〈졸업식 노래〉의 작곡가)이라는
것을 알게 되어, 팀 작업으로 여성동학다큐소설 13권을 2015년에
펴냈다.

　소설을 쓰며 그 상남자, 상여자들을 모두 절멸시킨 것이 일본
의 고성능 무기인 것을 알고, 전 세계 무기 공장이 망하기를 바라
며 '평화어머니회'를 조직, 평화운동에 매진했다.

　평화운동을 하며 만난 대학 후배 안김정애 님이 건네준 파일

속의 '옥천 사람 박기수'가 나를 이렇게 떠밀고 올 줄이야. 모자이크를 맞추듯이 자료들을 찾아 꿰어 가다 보니, 가슴이 벌렁거리고 심장이 요동쳤다. 이건 모자이크가 아니라 3차원의 큐브를 맞추는 일이었다.

내가 초등학교 1학년에 입학을 했을 때 박정희는 5·16 쿠데타를 일으켜 실권을 잡았다. 중학교 때도, 고등학교 때도, 대학교 때도 그가 대통령이었다. 그는 19년간을 권력의 최정상에서 호령호령하다가 총에 맞았다. 대학교에 다니며 독재자의 올가미인 긴급조치를 위반했다고 제적되고 구속되어 젊은 날을 '비정상'으로 보냈지만, 나는 이 글을 쓰면서 비로소 박정희를 제대로 알게 되었다. 귀태(鬼胎)! 박정희는 귀태다!

일본 작가 시바 료타로가 만들었다는 '귀태'라는 단어는 『기시 노부스케와 박정희』라는 책에 등장하는 말이다. 귀신과 성관계하여 잉태된, 태어나서는 안 될 불길하고도 사악한 존재. 도대체 그 때문에 얼마나 많은 사람들이 고통 속에 스러져 갔던가? 도대체 얼마나 많은 사람들이 생명을 빼앗겼던가. 천박하면서 동시에 공포스러운 반공과 천박하면서 동시에 게걸스러운 분단 자본주의 속에서 병들어 간 사람들은 얼마나 많았던가….

김누리 교수 말대로 한국에서 극우 파쇼가 여전히 횡행하고,

여야를 막론하고 모두 극우 쪽에 몰려 있는 정치 지형은 너무나 '비정상'적이다. 나는 여전히 오늘 현재 소수의 갑과 다수의 을로 나뉘어 젊은이들을 절망으로 빠뜨리는 한국의 정글 자본주의 생성의 근본 원인 역시 모두 박정희에게 있다고 본다. 글을 쓰는 내내 '박정희는 귀태'라는 생각이 머릿속을 떠나지 않았다. 박정희는 태극부대들이 말하는 반신반인(半神半人)이 아니라 반귀반인(半鬼半人)라는 것을 확실히 알게 되었다.

귀태 박정희를 키워내고 생명을 유지시킨 건 미국이다. 미국의 이익을 위해 일본과 한국을 엮으려는 미국의 오랜 시도는 옳지 않다. 일본이 도덕적이고 양심적인 나라가 되면 우리가 알아서 그에 맞는 외교관계를 맺어 갈 것이다. 일본을 보호하기 위해 한반도의 남쪽을 친미반공국가로 묶고 일본과 미국의 안전을 위한 완충지대를 만들어 놓으려는 시도 역시 천부당만부당한 일이다. 새는 좌우의 날개(左右翼)로 날고, 우리는 우리의 삶을 개선시키기 위해 좌우 어디든 갈 수 있어야 한다. 이미 많은 선진국들이 좌우의 정책을 마음대로 선택해서 문제를 해결하고 있지 않은가?

미국은 이미 베트남에서 큰 실패(무기자본각에게는 큰 성공)을 한 바 있다. 베트남 사람들이 고통스러운 식민지 생활을 벗어나려고 몸부림치고 있을 때 미국은 자국의 이익을 위하여(재고무기 소진,

신무기 생산, 시장 확대, 정치적 경제적 영향력 확대) 통킹만 사건을 조작해서 쳐들어간 것 아닌가. 'Dirty War', 더러운 전쟁이라고 세계가 손가락질 하는 곳에 한국을 끌어들인 것에 대해서 미국은 한국에게 사과해야 한다. 미국 때문에 한국도 함께 덤앤더머(멍청이)가 되었다. 물론 그 전쟁과 미국의 원조를 통해 한국이 경제적으로 부유하게 되었다고 하지만 그것 역시 미국이 쇼케이스에 진열해서 세계의 패권을 잡기 위한 투자로 이용했던 것이니, 우리가 일방적으로 수혜를 입은 것도 아니다. 박정희에게 던져주었던 선물 보따리 속의 무기라는 것도 2차 세계대전 재고품들, 자기들이 쓰지 않는 불량무기들이었다니 우리가 쓰레기 처리 비용을 받아야 할 입장이다.

또한 귀태 박정희의 이런 '비정상의 정치' 속에서 탄생한 '비정상의 경제'가 온전할 리 없으니 2020년대에도 여전히 드라마(〈스카이캐슬〉, 〈펜트하우스〉 등)에서 보듯 부정하게 막대한 부를 축적한 자들은 '음모, 살인, 거짓, 끝없는 야망, 조작…'에 익숙한 '비정상의 정신세계'로 한국사회의 물을 흐려놓고 있다. 그들이 장악하고 있는 '검찰 권력', '사법 권력', '언론 권력'은 또 어떤가. 오죽하면 '나라를 다시 만든다'는 재조산하(再造山河)와 '오랜 기간에 걸쳐 쌓여 온 악습을 청산한다'는 적폐청산(積弊淸算)이 시민들의 과제가 되었겠는가. 갑과 을의 차이가 점점 더 벌어지는 '비정상적 불평등' 역시 귀태 독재가 배양한 것이다.

1961년 봄 전국대학생들의 '가자 북으로, 오라 남으로, 판문점에서 만나자!'라고 외치는 슬로건에 미국은 자기들이 애써 그어 놓은 삼팔선이 지워질까 봐, 일본을 보호하기 위해 애써 확보한 완충지대가 사라질까 봐, 주도면밀하게 5·16 쿠데타를 지지했다. 아니라면 60년이 지난 지금까지도 비밀 해제를 금하고 있는 그, 5·16 직전까지의 34일간의 외교정보문서를 공개하기 바란다. 왜 엘렌 덜레스 CIA국장은 "가장 성공적인 해외 비밀 공작은 한국의 5·16이었다"고 고백하게 되었는지 설명하기 바란다.

한국민들은 더 이상 귀태 박정희의 '개돼지'에 머물러 있지 않다. 5.18 직후 박정희 피살 이후 '가장 성공적인 미국의 정책 가운데 하나가 전두환 정권의 수립'이라고 주한 미군 사령관 위컴이 말했듯 '누가 지도자가 되든지 간에 추종만 하는, 민주주의 시스템에 어울리지 않는 들쥐 떼'도 아니다. 그러니 우리를 당신들 독수리 발톱으로 움켜쥔 들쥐처럼 생각하지 말기 바란다. 한반도 허리의 군사분계선을 굳건히 하기 위해 외면해 온 종전선언, 평화협정을 이제는 거부하지 말기 바란다. 유엔에서 조직한 것도 아니고 돈도 대지 않는 '가짜' 유엔사를 이제 걷어치우기 바란다. 어찌 한 나라를 둘로 갈라놓고 70년간 증오를 부추기며 무기시장으로 전락시켜 놓고 우방이라 말하는가. 아이젠하워가 걱정했듯, 브루스 커밍스 등 석학들이 걱정하듯 미국은 무기자본가에 휘둘려 가며 전쟁경제로 지탱되는 '전쟁국가'로 변모하고 있다. 미국에 절실하게 필요한 한반도 분단 고착을 위해, 미국에 절대적으로 불리한 '한민족 통일'을 방해하기 위해 미국의 '더러운 이익'을 챙기기 위해 얼마나 많은 간섭, 기만, 술수, 조작을 해 왔는지 맑은 거울로 자신의 모습을 비추어 보라!

자유 평화가 자기들만의 전유물인 것처럼 베트남에 700만 톤의 폭탄을 투하했던 미국도, 미국을 따라 월남에 총을 매고 들어갔던 한국도 각각 1995년 7월(클린턴 정부), 1992년 12월(노태우 정부)에 사회주의 공화제를 택하고 공산당을 유일 영도 세력으로 정한 베트남과 정식 수교를 맺었다. 나라 간의 전쟁은 모두 외교로 풀어야 할 것을 하지 않았기 때문에 발생한다. 검은 속내를 가진 자들이 거짓으로 전쟁을 부추기기 때문에 발생하는 것이 대부분이다. 독재자, 무기 생산과 무기 장사로 전쟁을 통해 이익을 보는 자들에게 깨어난 시민들이 휘둘리지 말아야 한다. 남북의 분단이 70년이 되도록 매듭이 풀리지 않는 것은 분단을 통해 이득을 보고 있는 세력들이 아직까지도 매듭을 꽁꽁 옥죄고 있기 때문이다.

러시아, 미국, 중국, 프랑스, 영국, 파키스탄, 인도, 이스라엘 등
이 이미 핵무기들을 가지고 있다. 그들이 핵을 가지고 있다고 해
서 외교관계가 다 차단되고 경제적으로 제재 받지 않으며 왕래가
불허되지도 않는다. 한반도를 위태롭게 하는 건 북핵이 아니라
북이 핵을 만들 수밖에 없도록 위협하는 미국의 군수산업, 미국
의 전쟁연습들이다.

2008년 아들 부시 정부 때 미국은 북에 "핵과 관련해서 완전하
고 정확한 신고를 하면 테러 지원국 명단에서 삭제 절차를 밟을
것"이라 미끼를 던졌다. 북은 기꺼이 원자로, 재처리 시설에 관해
22년 동안 기록한 핵 가동 일지 18,882쪽 분량의 정보를 내주었다.
일지를 통해 과거 CIA의 추측이 모두 과장되고 악의적이며 근거
없는 것이었음이 드러났다. 미국은 테러 지원국에서 북을 해제했
다. 그러나 9년 뒤 트럼프는 다시 북을 테러 지원국으로 지정했다.
미국의 여러 차례의 믿을 수 없는 지그재그 행보는 북으로 하여금
철통방어를 위한 무기 진화를 촉진하고 고수하게 만들었다.

이재봉 교수의 말을 빌리면 2차 세계대전 이후 발생한 250여
개의 국가 간 전쟁에서 미국이 관련된 것이 200건이 넘는다고 한

다. 정치와 결탁한 미국의 군사자본주의는 전쟁을 통한 세계 패권 유지에 혈안이 되게 만든다. 미국은 최근 들어 세계시민들이 미국을 '악의 축, Warmerica No!'라고 손가락질 하는 것을 흘려 듣지 말아야 한다.

남북정상이 만나 평화를 약속한 2018년 4월의 판문점선언과 9.19 평양 공동선언이 남북 관계의 큰 걸음을 예고하자 미국은 곧바로 11월에 한미워킹그룹을 만들어 사사건건 방해에 나섰다. '가짜' 유엔사가 사사건건 DMZ를 막고 나서는 것도 마찬가지다. 한미연합 군사훈련을 악착같이 고수하며 분단고착에 안간힘을 쓰고 있다. 전쟁을 피하려면 서로에 대해 손을 내밀고 화해와 평화를 위한 소통을 끊임없이 시도해야 한다. 평화어머니회 활동을 하면서 관심을 가지고 들여다 본 미국의 행태는 박정희만큼이나 귀태스럽다. 아니 그 이상으로 귀태스럽다.

북한과학기술정책사 1호 박사인 강호제(독일 베를린 자유대학 교수)는 최근 들어 북의 핵 문제에 관해 가장 정확한 정보와 해석을 쏟아내고 있다. 그는 2017년에 이미 핵 무력 완성을 이룬 북에 대하여 '비핵화'를 요구하는 것은 현실적이지 않다고 말한다. 해방 이후 꾸준히 심혈을 기울여 온 북의 과학 발전은 남의 상상을 초월한다. 핵은 북이 외부(미국)의 공격 위협에 대응하고자 심혈을 기울여 일군 방어책이다. '비핵화'를 요구할수록 함께 잘 사는 길은 멀어져 가고 전쟁은 가까워진다. 미국의 호전주의자, 군수자본가들이 노리는 게 바로 그거다!

그렇다면 해결책은? 강호제 교수가 제시하는 해법은 간단하다. 우리가 핵을 가진 미국, 중국과 엉켜 살듯이 북과도 그렇게 엉켜 살면 된다는 것이다. 자유롭게 왕래하고, 함께 연구하고, 함께 먹고, 함께 뛰고, 함께 웃으면 된다. 얽혀 살면(Entanglement) 된다. 북도 오래전부터 그것을 요구해 왔다. 제재와 고립과 위협은 멍청한 짓이다. 미국도 핵을 투하한 일본과 700만 톤의 폭탄을 던졌던 베트남과 그렇게 살고 있지 않은가? 왜 남과 북은 안 된다고 하는가?

한국을 미국 군수산업의 재고품처리장이나 신제품 시장으로 묶어 두지 마라. 우리를 일본을 위한 반공완충지대로 묶어 두지 마라. 무기로 문제를 풀려고 하지 말고 외교로 문제를 풀어라. 혼자 이기려 하지 말고 윈윈하는 방법을 찾으라. 무기 설계자 대신 분쟁 조정가, 갈등 조정가들을 배출하라. 당신들이 필요한 '분단 고착'을 위해 '우리 민족의 평화'를 방해하지 마라.

케네디 정부에서 법무차관을 지내고 존슨 정부에서 법무장관을 지냈던 램지 클라크는 세계를 돌아다니며 미국 군국주의 희생자를 만나고, 미국이 발발하는 전쟁을 반대했다. 램지 클라크와 같은 이들의 양심적 행동만이 '악의 축'으로 변해 가는 귀태 미국을 구원할 것이다.

막막한 우주 속에서 지구처럼 아름다운 공간이 어디 있다고 그곳에 수백만 수천만 톤의 폭탄을 터뜨려 생명을 살상하면서 달나라를 찾아가고 화성을 찾아가 물방울의 흔적과 바이러스의 흔적을 찾는 게 앞선 나라의 과학인 것처럼 떠벌이는가. 제발 지구를 건드리지 말고, 지구촌의 생명을 건드리지 마라. 당신들이 지지했던 한국의 군인들은 걸핏하면 '외부의 적'이 아닌 '국민'을 향해 총부리를 들이대던 독재자들이었다. 자기 과시를 위해 혹은 돈을 쫓아 권력을 탐했던 자들이었다. 이제 당신들의 개입이 없으면 우리는 남북분단을 얼마든지 평화롭게 극복해낼 수 있다. 재조산하(再造山河), 적폐청산(積幣淸算)으로 선진국으로 나아갈 수 있도록 제발 한반도를 내버려 두기 바란다. 우리는 문제를 스스로 해결해 가며 함께 살아갈 수 있을 정도로 충분히 지혜롭다.

70 Year Division is Long Enough! (70년 분단이면 충분하다!)

Warmerica, Warsrael are No Good! (미국과 이스라엘은 군사주의를

끝내라!)

Two KOREAs Have Chosen PEACE Already! (남북한은 이미 평화를 선택했다!)

Don't Make Money out of Weapons! (무기장사로 돈 벌기는 이제 그만!)

The U.N.C. has Nothing to do with the U.N. Don't Fool Korean! Don't Fool the World! (유엔사령부가 마치 유엔 소속인 듯 한국인과 세계를 속이지 마라!)

The U.S. wants a strong division, but now we Koreans will move toward overcoming division. (미국은 강고한 분단을 원하지만 이제 우리 한국인들은 분단 극복을 향해 나아갈 것이다.)

이 책을 어리석은 분단 때문에 희생된 모든 분들에게 바칩니다. 내게 이 글을 쓰도록 부추긴 옥천의 일곱 청년들에게 감사를 드립니다. 부디 님들의 희생이 헛되지 않기를 바랍니다. 그들의 존재를 내게 알려준 안김정애님, 도와주신 모든 분들에게 무한 감사를 드립니다. 한반도가 모든 증오와 협잡을 녹이는 용광로가 되기를. '귀한 우리 함께 잘 살자'는 생각들이 꽃으로 만발하는 땅이 되기를….

실미도로 떠난 7인의 옥천 청년들

등록   1994.7.1 제1-1071
1쇄 발행   2021년 8월 31일

저   자   고은광순
펴낸이   박길수
편집장   소경희
편   집   조영준
관   리   위현정
디자인   이주향
펴낸곳   도서출판 모시는사람들
          03147 서울시 종로구 삼일대로 457 (경운동 수운회관) 1207호
전   화   02-735-7173, 02-737-7173 / 팩스 02-730-7173

인   쇄   (주)성광인쇄(031-942-4814)
배   본   문화유통북스(031-937-6100)
홈페이지   http://www.mosinsaram.com/

값은 뒤표지에 있습니다.
ISBN   979-11-6629-049-7   03810

＊ 잘못된 책은 바꿔 드립니다.
＊ 이 책의 전부 또는 일부 내용을 재사용하려면 사전에 저작권자와 도서출판
모시는사람들의 동의를 받아야 합니다.

＊ 표지 사진제공 경향신문